GOLDMANN

Marcel Pagnol wurde am 28. Februar 1895 in Aubagne bei Marseille geboren. Er schrieb mit achtzehn Jahren seine erste Komödie, doch dauerte es über ein Jahrzehnt, bis ein Stück von ihm in Paris aufgeführt wurde. 1928–31 entstand die »Marseiller Trilogie«, drei Komödien, die ihn berühmt machten: »Marius«, »Fanny« und »César«; sie führen lebensecht und mit großer Wärme Menschen aus dem Hafenviertel der südfranzösischen Metropole vor. Seit 1930 arbeitete Pagnol auch als Drehbuchautor und Regisseur und schuf Filme, die heute bereits klassisch sind. Als Erzähler fesselte er das Publikum vor allem mit seinen hinreißenden Kindheits- und Jugenderinnerungen: »Marcel« (1957/58), »Marcel und Isabelle« (1961) und »Die Zeit der Liebe« (1977, aus dem Nachlaß). Pagnol wurde 1946 zum Mitglied der Académie Française gewählt. Er starb am 18. April 1974 in Paris.

Außer »Pirouetten der Liebe« liegen von Marcel Pagnol als Goldmann-Taschenbücher vor:

Marcel und Isabelle. Die Zeit der Geheimnisse (3759)
Die Zeit der Liebe. Kindheitserinnerungen (3878)
Die Wasser der Hügel. Roman (3766)
Die eiserne Maske. Der Sonnenkönig und das Geheimnis des großen Unbekannten (3862)

MARCEL PAGNOL

Pirouetten der Liebe

ROMAN

Aus dem Französischen
von Dagmar Türck-Wagner

GOLDMANN VERLAG

Ungekürzte Ausgabe

Titel des Originals: Pirouettes

Umwelthinweis:
Alle bedruckten Materialien dieses Taschenbuches
sind chlorfrei und umweltschonend.
Das Papier enthält Recycling-Anteile.

Der Goldmann Verlag
ist ein Unternehmen der Verlagsgruppe Bertelsmann

Copyright © des Originals bei Jacqueline Pagnol
Alle Rechte für die deutsche Sprache bei Langen Müller
in der F. A. Herbig Verlagsbuchhandlung GmbH, München 1991
Umschlagentwurf: Design Team München,
unter Verwendung eines Fotos des Gemäldes
»Tanz in Bougival« von Auguste Renoir
Satz: IBV Satz- und Datentechnik GmbH, Berlin
Druck: Elsnerdruck, Berlin
Verlagsnummer: 42297
MV · Herstellung: Sebastian Strohmaier
Made in Germany
ISBN 3-442-42297-3

1 3 5 7 9 10 8 6 4 2

Vorwort 1932

Zu der Zeit, als die Zeitschrift *Fortunio* Marseilles literarische Zierde war – und das ist weiß Gott lange her! –, ruhten gewichtige Verantwortungen auf meinen Schultern: Ich war Herausgeber, Chefredakteur, Redaktionssekretär, Umbruchredakteur und zugleich alleinverantwortlicher nächtlicher Streifbandkleber. Die heikelste all dieser Funktionen war die des Umbruchredakteurs, denn man wußte nie, aus welchen Artikeln die Ausgabe sich letztlich zusammensetzen würde. Oder besser gesagt, man wußte es sehr wohl, denn wir diskutierten dies lange im voraus in großer Besetzung. Da verlangte jeder drei Seiten, sechs oder zehn Seiten, um zu sagen, was er zu sagen hatte. Doch in der Druckerei sah die Sache dann vollkommen anders aus.

Arno-Charles Brun hatte fünf Seiten für eine Weihnachtserzählung verlangt: Er präsentierte sich strahlend, überschüttete mich mit plausiblen Entschuldigungen, die seine geniale Faulheit ihm mühelos eingegeben hatte, und parierte meine wütenden Vorwürfe gelassen mit vorpräparierten Scherzen. Nach ihm kam Gaston Mouren; ich erwartete ihn wie den Messias, da er mir mit Sicherheit seine *Studie über die symbolistische Bewegung zu Ende des 19. Jahrhunderts* bringen würde. Doch als ich ihm die Hand entgegenhielt, legte er lediglich die seine hinein. Er zeigte mir seine Fingerkuppen, die rund und rot wie Abszesse waren, erklärte mir sein momentanes literarisches Unvermögen durch ein Zuviel an Cellostunden und lud mich ein, ihn zu besuchen, um einem Menuett zu lauschen, das er eigens für mich einstudiert hatte.

Darauf rief ich Ballard zu Hilfe, einen energischen, fähigen Mann und zudem stets bereit, verzweifelte Situationen zu meistern, und wir beschlossen, unser beider Grips in einen Topf zu werfen.

Mehr als einmal gelang es uns, Marcel Gras auf der Straße einzufangen. Wir appellierten an sein gutes Herz, an seine Freundschaft, an seine Liebe zu den schönen Künsten. Hatte er einen Tag nervöser Depression, setzte ich ihn unter Druck, indem ich drohte, mir selbst zu kündigen, und Ballard nagelte ihn auf der Stelle fest. An einem Tisch im Bistro erklärte Marcel Gras sich dann einverstanden, mir eines seiner Gedichte zu diktieren, das er auswendig wußte, aber niemals niederschrieb. Danach war es unerläßlich, einen Wachtposten vor der Druckerei aufzustellen, bis die Nummer aus der Presse kam. Denn Marcel Gras schlich durchs Viertel und suchte sich überfallartig oder unter dem Vorwand, die Abzüge korrigieren zu wollen, seines Werkes wieder zu bemächtigen, um eine »vorzeitige« Veröffentlichung zu verhindern.

War Marcel Gras nicht deprimiert, war allerdings überhaupt nichts zu machen. Dann verfaßte Ballard mit schamloser Tinte ein sensationelles Interview und legte irgendeiner literarischen Größe, die gerade in Indochina oder auf Tahiti weilte, gewagte Äußerungen in den Mund. Oder ich erfand einen »Pariser Korrespondenten«, schilderte unseren Lesern bis ins Detail eine Generalprobe, die ich nie gesehen hatte... Die ersten Nummern von *Fortunio* enthalten deshalb eine ganze Reihe solcher Schwindeleien, die der Sammlung großen Reiz verleihen.

Diese händeringenden Verzweiflungsakte konnten allerdings keine Dauerlösung sein. Zumal sich der Drucker, verschlagen wie alle seiner Zunft, unser Chaos zunutze machte und seine eigene Verspätung von ein bis zwei Wochen mit unserem Rückstand von vierundzwanzig Stunden rechtfertigte.

Da kam uns eine Idee: Man müßte ganz einfach einen Roman veröffentlichen. Einen Lückenbüßer, dessen Seiten jeweils die ausgebliebenen Artikel der

Autoren ersetzten, so wie die Seifenkisten in unseren Büros bereits die Ledersessel ersetzten; ein Roman würde das »elastische Element der Zeitschrift« sein. Und um ganz sicherzugehen, daß er auch geschrieben wurde, beschloß ich, ihn selbst zu verfassen, da ich mich voll und ganz auf mich verließ. Ich irrte. Ich schrieb diesen Roman, der damals *Peluques Heirat* hieß – heute *Pirouetten der Liebe* –, am Korrekturtisch der Druckerei auf das rauhe Papier, auf dem die Fahnen abgezogen wurden, und mein Traum, immer mindestens dreißig Seiten im Vorsprung zu sein, erfüllte sich nie…

Dieses Werk hatte einen großen, ja, einen gewaltigen Erfolg bei unseren Abonnenten.

Ich muß allerdings eingestehen, daß die Liste unserer Abonnenten, die zweihundert Vornamen umfaßte, nur fünf oder sechs Nachnamen enthielt, die sich jeweils fünfzehn- bis zwanzigmal wiederholten, und daß diese Namen unsere eigenen waren. Denn wir alle hatten unsere Väter, Mütter, Onkel, Tanten, Brüder, Cousins, Cousinen und Großmütter zwangsabonniert. Und jede Person, die zwei Titel auf sich vereinte, wie etwa Onkel und Pate oder Großmutter und Patin, wurde obendrein automatisch doppelt gezählt und mußte zwei Abonnements subskribieren.

Dieses große, sachkundige Publikum bereitete *Peluques Heirat* eine sehr schmeichelhafte Aufnahme. Ich beschloß daraufhin, dem Verfassen von Tragödien in Versen zu entsagen, und widmete mein Leben fortan dem Roman.

Als ich 1922 nach Paris kam, schrieb ich mein kleines Manuskript ins reine und brachte es hoffnungsvollen Schrittes zu drei großen Pariser Verlegern. Doch leider waren diese Leute weder mit mir noch mit meinen Freunden verwandt.

Der erste lehnte unter Berufung auf ein Gutachten seines Lektors rundweg ab. Dessen Urteil besagte, mein Werk orientiere sich an Louis Codet, den ich daraufhin las. Der Verleger, ein jovialer, umgänglicher Mann, wollte mir die bittere Pille der Ablehnung versüßen, indem er mir eine Arbeit anvertraute: Ich sollte ein kleines Handbuch der französisch-englischen Konversation mit phonetischer Umschrift überarbeiten: »Chauffeur, conduisez-moi à la place Pigalle.« (Shofer, kong'duisy moua a la plass Peeguell.) Ich nahm diese Arbeit dankend an – und erledigte sie nie.

Den zweiten Verleger bekam ich erst gar nicht zu Gesicht; doch sein engster Mitarbeiter empfing mich überaus freundlich und bedeutete mir mit ebenso großem Wohlwollen seine Ablehnung. Sodann erklärte er mir, meine lange Erzählung habe nur einen einzigen, allerdings kapitalen Fehler: Sie sei einem Roman von Pierre Bost nachempfunden, der gerade erschienen war und den ich sogleich mit größtem Vergnügen las. Ich habe mich immer gefragt, und ich frage mich noch heute, wie ein Werk, das 1918 in einer Zeitschrift veröffentlicht worden war, das Plagiat eines Romans sein konnte, der erst 1924 erschien. Und wenn ich darüber nachdenke, verwirrt mich daran am meisten, daß beide nichts miteinander gemein haben... Der dritte Verleger lehnte meinen Text nicht ab. Ich will damit sagen: Er lehnte ihn nicht einmal ab.

Er fand das Manuskript sieben Jahre später. Der Grund war ein Umzug – und *Topaze* und *Marius*. Die sechshunderttausend verkauften Exemplare von *Topaze* gesellten sich zu den vierhundertfünfzigtausend von *Marius*, und diese beiden kleinen Ereignisse gingen einher mit der plötzlichen Auffindung meines Manuskripts. Diese wunderbare Reihung von Zufällen könnte nachdenklich stimmen. Dennoch empfand ich keinen Groll, und wenn ich es ablehnte, nach sieben Jahren des Wartens mein Manuskript bei ihm zu veröffentlichen, dann vor allem deshalb, weil Eugène Fasquelle seit nunmehr fünf Jahren mein Verleger und Freund geworden war.

Charles Fasquelle war eines Tages, als wir zusammen auf dem Land weilten, so unvorsichtig, mir die Korrekturbogen von *Topaze* anzuvertrauen. Er war allerdings vorgewarnt. Ich hatte ihm gesagt, ich würde sie ohne den allergeringsten Zweifel verlieren, und so lehnte ich schon im voraus jegliche Verantwortung ab. Ich verlor sie tatsächlich.

Er beschloß, sie wiederzufinden. Er kam zu mir nach Hause, komplimentierte mich in eine Ecke und leerte meine sämtlichen Schreibtischschubladen aufs Parkett. Die Korrekturbogen fand er nicht, da sie, wie sich später herausstellte, in der Garderobe eines Restaurants gelandet waren; aber er entdeckte das Manuskript von *Pirouetten der Liebe.* Er nahm es mit, las es seinem Vater vor und machte mir den Vorschlag, es zu veröffentlichen...

Damals wollte ich diese lange Erzählung überarbeiten, ihr Fleisch geben, sie ergänzen, korrigieren, sie zu einem richtigen Roman erweitern. Also versuchte ich, nachdem ich meine schönste Feder poliert und mein Tintenfaß mit unauslöschlicher Tinte gefüllt hatte, *Pirouetten der Liebe* zu flicken. Doch gleich bei den ersten Sätzen sah ich den blutjungen Mann vor mir, der ich damals gewesen war, den unbekümmerten Bewohner möblierter Zimmer in der Rue d'Orsel. Und mir war, als hätte ich kein Recht, sein Werk zu korrigieren, auch nur eines seiner Kapitel zu kürzen, auch nur eine Seite hinzuzufügen. Er hatte sicher seine Gründe dafür gehabt, Gründe, an die ich mich nicht mehr erinnere. Und ich mochte diese von ihm hinterlassenen Seiten nicht verändern.

Heute nun veröffentliche ich diese Erinnerungen oder zumindest einige der Hefte, aus denen sie sich zusammensetzen. Ich hoffe – wie man so schön sagt –, es wird ebenso vergnüglich sein, sie zu lesen, wie es für mich vergnüglich war, sie zu komponieren.

Allerdings ist das Wort »komponieren« hier fehl am Platze. Pierre Pons hätte es mir zum Vorwurf gemacht, zu jener Zeit, als wir miteinander die Rhetorikstunden verbrachten, denn er saß hinter dem Katheder.

Monsieur Pons, der nur eine einzige Augenbraue mit zwei Wölbungen hatte und den Scheitel auf der rechten Seite trug, war Experte in Sachen Sprache. Er war der Meinung, man müsse die Worte ihrem Sinn gemäß gebrauchen, was nicht unvernünftig war, und er hatte eine Schwäche für das Imperfekt des Konjunktivs.

Zum anderen verlangte er den Französischaufsatz nach strengen Regeln mit Numerierung und zusammenfassenden Klammern und soliden Gelenken zur Verbindung der Absätze. Das große Problem bestand darin, diese Verbindungsgelenke mit dem Fleisch der Übergänge zu bedecken; das gelang uns nicht immer. Dann diktierte uns Monsieur Pons im Brustton der Verachtung Beispiele nach seiner Vorstellung, denen nichts Improvisiertes anhaftete. Seine literarischen Werke, sollten sie je gedruckt werden, werden jungen Frauen gleichen, deren hübscheste Stellen das Grübchen im Ellenbogen, die Falte in der Leiste und die seidige Höhlung der Kniekehle sind.

Monsieur Pons wird kein Buch akzeptieren, das mit einem falsch verwendeten Wort beginnt und dessen Aufbau nicht ausgewogen ist. Die unzureichende Verbindung der Kapitel wird ihm erheblich zu schaffen machen; es wird ihn empören, keinen Schluß vorzufinden, der »die Essenz des Werkes extrahiert, stringiert, konsolidiert und herauskristallisiert« und sie dem Leser »in brillanter und knapper Form« vor Augen führt.

Diese Vorwürfe wiegen schwer; sie würden ein Werk der reinen Erfindung, wie etwa eine Universitätsarbeit oder einen Roman, gänzlich zunichte machen.

Schriebe ich wie Monsieur Crouzet oder Monsieur Benoît in der Stille meines Kämmerleins, mit den Füßen in einem Wärmesack, hätte auch ich mir so einen leicht zu konstruierenden Plan zu Hilfe genommen.

Doch ist dieses Buch weder eine Grammatik noch eine Fortsetzung vom *Salzsee**.

Diese Memoiren sind echte Memoiren: Jede dieser Seiten habe ich abends vor dem Kamin diktiert, dieweil ich mit geschlossenen Augen meine Erinnerung an mir vorüberziehen ließ. Ich habe mich bemüht, die Gestalt Louis-Irénée Peluques, meines Mitschülers und Freundes, lebendig werden zu lassen, und ich habe ganz einfach die Ereignisse nacherzählt, in die er sich verwickelt sah. Und natürlich sind diese Ereignisse, die ich in keiner Weise erfunden habe, so banal und unzusammenhängend wie das Leben selbst.

Doch habe ich einige von Louis-Irénées Diskursen getreulich wiedergegeben. Der Leser wird sehen, wie er alle Dinge in seine ureigene Originalität hüllte und mit welch phantasievoller Klugheit er die Geschehnisse des Alltags kommentierte.

Im Laufe dieser Erzählung tauchen auch einige junge Frauen auf; ich stelle sie zur rechten Zeit am rechten Platze vor. Man wird zudem einige junge Männer kennenlernen, die mir der Beachtung allerdings ungleich würdiger erschienen.

So zitiere ich unter anderem Félix-Antoine Grasset, den pessimistischen Dichter, und Ihren ergebenen Diener Jacques Panier. Ich werde nun sogleich

---

* *Le lac salé* ist ein Werk von Pierre Benoît, 1886–1962. Anm. d. Übers.

den ersteren porträtieren. Was meine eigene Person angeht, so verbietet es mir die Bescheidenheit, mich in welcher Weise auch immer lobend über mich selbst zu äußern. Andererseits verbietet es mir das Wissen um meine persönlichen Meriten, mich allein um des Anscheins der Wahrhaftigkeit willen mit System schlechtzumachen. Ich überlasse es deshalb dem Leser, mein Gesicht aus dem Klang meiner Stimme zu erraten.

1.

Die Plaine Saint-Michel ist ein großer Platz in Marseille. Der Wind weht dort lau, die Geräusche dort klingen fröhlich, und die Sonne scheint dort heller als an irgendeinem anderen Ort der Welt. Sie ist an allen vier Seiten von einer Doppelreihe Platanen umgeben. Zwischen diesen beiden Baumreihen verläuft eine Asphaltallee; in Abständen laden Bänke den Spaziergänger zum Verweilen ein.

Die Allee umgrenzt einen rechteckigen Platz, auf den drei gußeiserne Laternen nur leichte Schatten werfen. Wie der Nabel inmitten des Bauches betont ein großes, rundes Bassin seine Nacktheit.

Die Plaine hat auch ihre Bewohner: drei Zeitungsverkäufer, eine Brioche-Händlerin, zwei kleine Stiefelputzer und drei Dienstmänner, die unter einer Platane palavern. In der heißen Jahreszeit kommt ein Händler hinzu, der Eiscreme in Hörnchen verkauft.

Erst an letzter Stelle nenne ich das schönste Unternehmen auf der Plaine: ein Marionettentheater.

Eine niedrige Barriere umgibt die Sitzplätze; unter dem Vorwand, ihre Enkelkinder zu überwachen, sitzen dort zahllose alte Herren mit aufgestütztem Kinn. Sie selbst amüsieren sich jedoch königlich, wenn die Schläge auf die Pappschädel der Puppen niedersausen.

Dieses Theater inspirierte mein erstes Stück: *Guignol amoureux (Der verliebte Hanswurst)*. Der fünfte Akt war sehr pathetisch. Er brachte mir die zweifelhafte Liebe eines gleichaltrigen kleinen Mädchens ein, das Berthe hieß und klebrig weiche Bonbons aß.

Morgens wird die Plaine von einem Gemüsemarkt beherrscht. Anschließend befördern aperitifdurchtränkte Straßenkehrer den Abfall in die Gosse. Gegen zwei kommen die Ammen, um in der Sonne zu reifen.

Diese Übermütter plaudern miteinander in der Sprache des Silvio Pellico*. Sie sprechen über ihre Ehemänner, die ihre Pfeife in Ospedaletta oder Matta-Buluffo rauchen und sich davon erholen, ihnen zu Milch verholfen zu haben. Bis in den Abend hinein stricken sie mit glitzernden Nadeln lange, über den Boden schleifende Undefinierbarkeiten.

Indessen schlafen die Kindlein in den weißen Höh-

---

* Ital. Dichter, 1789–1854, der eine enge Beziehung zur französischen Sprache und Literatur pflegte. Anm. d. Übers.

lungen der leichten Wägelchen. Im Schlummer ziehen sie kleine Grimassen.

Auf der Plaine Saint-Michel habe ich die schönsten Tage meiner Jugend verbracht, in Gesellschaft von Félix-Antoine Grasset, dem pessimistischen Dichter, und von Louis-Irénée Peluque, den die Straßenjungen »Imperator« riefen, während seine Mitschüler ihn den »Philosophen« nannten. Ich traf sie jeden Tag um vier auf der Bank gegenüber der Rue Saint-Savournin; dort lieferten wir über Jahre hinweg das Schauspiel einer zwar streitbaren, aber unerschütterlichen Freundschaft.

2.

Ich will nun von Grasset erzählen.

Als ich ihn kennenlernte, war er sechzehn und besuchte im Gymnasium die Klasse 2B. Das heißt, er saß lediglich auf seinem Platz in der dritten Bank links neben dem Fenster. Er war nicht groß für sein Alter, aber kräftig; unter einer fleischigen Knollennase bauschten sich zwei bräunliche Wattetuffs; die eher kleinen Augen unter den vorgewölbten Brauen blickten unsicher; seine Stirn war riesig, die Lippen aufgeworfen, das Kinn ein wenig fliehend; aber der perlmuttblasse Teint verlieh ihm eine gewisse Schönheit.

Er demonstrierte eine grimmige Verachtung für seine gesamte Person. Seinen Schuhen blieb der strahlende Glanz einer Politur versagt; seinem Hut war das sanfte Streicheln einer Bürste unbekannt. Félix-Antoine Grasset war Idealist, das heißt, er verachtete die Materie; doch die menschliche Seele schätzte er auch nicht höher.

Es gefiel ihm, hinter seinen großmütigsten Taten niedrigste egoistische Beweggründe zu entdecken. Mit düsterer Präzision analysierte er sich selbst und erklärte sich als »verdorben bis auf den Grund der Seele«. Sodann richtete er den Blick auf seinesgleichen und entdeckte mit wilder Freude Laster, die den seinen sehr ähnlich waren.

Lange Zeit hatte er an Gott geglaubt, und das Glück des Glaubens hatte ihn über die menschliche Verworfenheit hinweggetröstet. Doch eines Tages, als seine Mutter, vom Markt zurückkehrend, mühsam die Treppen hochstieg, ließ ihn die Sohnesliebe ihr entgegeneilen, um sie von ihren Paketen zu befreien. Er tat einen falschen Schritt und stürzte abwärts; das ganze Haus erzitterte unter seinem gewaltigen Fall. Er verlor bei diesem Unglück drei gesunde Zähne, und seine geschwollene Oberlippe glich eine

Woche lang einer Fünf-Sous-Portion Schaumbonbons. Diese himmelschreiende Ungerechtigkeit brachte ihn für immer vom Glauben an eine Gottheit ab.

Im Gymnasium besuchten wir nicht die gleichen Klassen, aber ich traf ihn im Studierzimmer, wo eine freundschaftliche und nahezu lebhafte Stille herrschte.

Wenn ich die Augen schließe, sehe ich noch wie heute die weißen Wände mit dem starren Fries der Schränke vor mir; den erhöhten Katheder, hinter dem der Lehrer über den Zensuren brütet; und dort vorn, in der ersten Reihe, Grassets gerundeten Rükken. Er schreibt, derweil die Rauchverzehrer sich auf summenden Gasflammen wiegen. Von Zeit zu Zeit wendet er sein bleiches Gesicht zum Hintergrund des Arbeitssaales um; lautlos grinst er einem Freund zu. Dann begibt er sich wieder an die Arbeit, denn er schreibt ein Gedicht mit grimmigen Versen, Tropfen für Tropfen destilliert zur Beschämung der Menschheit.

Wir empfanden keinerlei Sympathie füreinander. Ich fand ihn verrückt und theatralisch; er hielt mich für streberhaft und eingebildet. Aber eines Tages lernten wir uns in der Folge eines seltsamen Abenteuers, das Grasset widerfahren war, näher kennen. Ich habe diese verblüffende Episode nicht miterlebt.

Deswegen bat ich den Dichter, sie für meine Leser niederzuschreiben: Das ganze folgende Kapitel ist von seiner Hand.

3.

Von Grasset geschriebenes Kapitel.

Eines schönen Maiabends ging ich friedlich auf dem linken Trottoir die Rue Sénac hinauf. Wie üblich kam ich aus dem Gymnasium und trug ein paar Bücher unter dem Arm. Die Luft war lau, es wurde gerade erst dunkel, und ich war in tiefe Meditation versunken.

Ich sinnierte darüber, daß Pituite, der die Aufsicht im Studierzimmer führte, ein unwürdiger Mensch war, der es nicht verdiente, hinter einem Katheder zu sitzen. Er hatte den Gipfel der Verächtlichkeit erreicht, da er mir unbegründet eine Null in Betragen erteilt hatte. Mich tröstete der Gedanke, daß er sterblich war und eines Tages eine höchst unangenehme Viertelstunde erleben würde.

Ganz unvermittelt taucht ein Individuum vor mir auf. Seine Augen funkeln, sein Schnurrbart ist dürftig, seine Nase schief, er ist mager und behende.

Er zieht seinen Hut; er verbeugt sich mit übertriebener Höflichkeit und sagt: »Monsieur, ich bitte Sie um Verzeihung, aber anzuklagen ist einzig und allein das Schicksal.«

Und unvermittelt versetzt er mir eine schallende Ohrfeige.

Ich möchte nicht behaupten, daß ich tausend Sterne funkeln sah, denn mir blieb keine Zeit, sie zu zählen; aber mir war, als würde die plötzliche Dunkelheit von einer Flammenexplosion erhellt.

Ich ließ meine Bücher fallen und verfluchte das Los, das mir so überaus ungelegen einen Irren über den Weg geschickt hatte. Ich wollte sprechen; ich wollte mich mit leidenschaftlicher Entrüstung wehren... Aber ich erhielt eine weitere Ohrfeige, und eine Garbe von Fußtritten hagelte mit atemberaubender Geschwindigkeit auf den unteren Bereich meines Rückens. Die Register in meinem Hirn gerieten ins Schleudern. Jeder einzelne Tritt veranlaßte mich zu einem lächerlichen Sprung; der letzte, ein echtes Meisterstück, wirbelte mich in einer Pirouette auf eine Treppe, auf der ich niedersank. Ich war so verblüfft, daß ich meinte, auf einem Watteballen zu landen.

Ich öffnete die Augen; ein wenig atemlos stand mein Aggressor vor mir. Er tat einen Schritt auf mich zu. Ich dachte: Jetzt geht's von vorne los...

Aber der Unbekannte zog erneut seinen Hut und grüßte mich mit artiger Kopfbewegung. Dann sagte er in überaus sanftem Ton: »Das, was geschehen ist, Monsieur, bedauert niemand mehr als ich.«

»Glauben Sie mir, Monsieur«, antwortete ich schroff, »mein Bedauern ist ebenso groß wie das Ihre.«

Er lächelte und sagte: »Sehr gut geantwortet.«

Ich dachte: Das ist ein Verrückter. Zweifellos ein gefährlicher Verrückter. Falls er bewaffnet ist...

Indessen zündete er sich mit einem Feuerzeug eine Zigarette an. Verzweifelt blickte ich mich um; doch sah ich nur zwei Frauen, die mich angesichts meiner Situation und meines verstörten Aussehens ganz offensichtlich für einen Trunkenbold hielten.

»Erweisen Sie mir die Ehre«, fuhr er fort, »einen Bitter-Citron mit mir zu trinken?«

»Ich habe es eilig«, antwortete ich barsch, »und außerdem kenne ich Sie überhaupt nicht.«

Ich stand auf. Meine Wut war größer als meine Vorsicht. Einen ausreichenden Sicherheitsabstand zwischen uns legend, schrie ich: »Jetzt sagen Sie mir, Sie gemeiner Mensch, Sie Halunke, sind Sie verrückt? Was hat dieser niederträchtige Angriff zu bedeuten? Verbrecher! Gangster! Falls Sie nicht geisteskrank sind, verspreche ich Ihnen, daß ich Ihnen hundertfach heimzahlen werde...«

Doch er hob die Arme zum Himmel und sagte mit bedauernder Miene: »Ach! Monsieur! Wie gut begreife ich Ihren Zorn! Ihre Entrüstung ist vollauf berechtigt! Glauben Sie mir, ich versetze mich in Ihre Haut und bin absolut Ihrer Meinung. Lassen Sie uns gemeinsam das Schicksal verfluchen, diesen hohlwangigen Greis, den die Griechen Ananke nannten.«

In meinen Ohren klingelte es. Ich dachte: Das ist ein absurder Traum.

Indessen sammelte er meine Bücher ein, die auf der Straße verstreut lagen.

»Na so was«, sagte er. »Ein Vergil! O göttlicher Dichter!« Und mit ausgreifender Geste eine imaginäre Herde vor sich her treibend: »Ite domum saturae, venit Hesperus, ite capellae…« Dann, mit der Hand eine weite Landschaft beschreibend: »Sole sub ardenti resonant arbusta cicadis…«

»Monsieur«, fügte er hinzu, »ich mache mich anheischig, die gesamte Académie Française zum Schluchzen zu bringen, indem ich die zweite Ekloge von Vergil zitiere. Vor einem violetten Vorhang selbstverständlich.«

Er schien diesen Plan ernsthaft zu erwägen und schob ihn dann mit einer Handbewegung beiseite.

»Jedoch«, sagte er, »verstehen die meisten dieser Herren kein Latein, und eine Übersetzung wäre verfälschend. Doch wie ich sehe, Monsieur, sind Sie Ihrerseits gebildet. Wenn mich nicht alles täuscht, besuchen Sie das Gymnasium, und vielleicht halten Sie in Ihrer Klasse sogar den Spitzenplatz. Ihre Erscheinung ist mir sympathisch, wenn ich auch meine, daß sie Ihnen in keiner Weise zum Vorteil gereicht. Was soll man da vom Schicksal denken! Wer würde da noch zu behaupten wagen, daß eine göttliche Intelligenz die Ordnung des Universums regiert?

Nein, mein Herr, dies alles ist nichts als ein unendliches Chaos. Bereits zuvor war ich dieser Meinung; dieses Abenteuer bestärkt mich noch in meiner Ansicht. Aber folgen Sie mir bitte.«

Er stopfte sich meine Bücher unter den Arm, packte mich am Ärmel und zog mich in Richtung Plaine.

Verdutzt ließ ich es geschehen und versuchte vergeblich aufzuwachen; glühend sehnte ich das Klingeln meines Weckers herbei.

Unterwegs studierte ich meinen Begleiter. Er schien mir etwa achtzehn Jahre alt; er war groß, dünn, leicht gebeugt; er trug eine gelbe Kreissäge und eine sehr schäbige graue Weste. Seine Hose aus weißem Leinen war von so extremer Weite, daß seine Waden darin tanzten wie der Schwengel in der Glocke. Seine Schuhe hingegen erschienen mir bewundernswert: aus braunem Leder, die Spitzen eckig und auf englische Weise hochgezogen, die Lasche ge-

schmückt mit zahllosen Löchern von höchst ein-
drucksvoller Wirkung, die weit überstehenden Soh-
len mit gefälligen Einkerbungen verziert. Die
Schnürsenkel wiederum glänzten wie Seide, und die
Schleifen, zu denen sie sich verbanden, wären der
Frisur eines jungen Mädchens würdig gewesen.

Er hielt noch immer meinen Arm und ging sehr
schnellen Schrittes.

Sein Gesicht war bemerkenswert. Unter einer sehr
hohen Stirn senkte sich seine ein wenig stumpfe, nach
links gebogene Nase jedesmal, wenn er lächelte, auf
seinen mickrigen Schnurrbart; sein Teint war blaß,
seine Ohren klein, seine Augen schwarz und glän-
zend.

Die auffallende Helligkeit seines Halses zeugte
von seiner Gewissenhaftigkeit; aber seine Krawatte
von den spärlichen Dimensionen eines Schuhbandes
verbarg nicht einmal die Knöpfe seines Hemdes.

Er stieß mich in ein kleines Bistro und nötigte mich
auf die Bank.

»Ganymède«, schrie er, »zwei Bitter!«

Ganymède entpuppte sich als ein dicker Mann, der
ganz so aussah, als hieße er Marius. Wortlos brachte
er die beiden Gläser und zog sich wieder hinter seine
Schenkbarriere zurück. Der Alkohol ließ meine Le-
bensgeister neu erwachen. Der Unbekannte leerte
das Glas auf einen Zug und sagte: »Köstlich. Das

bringt den Marmor zum Schmelzen. Ich trinke nie etwas anderes.« Da ging mir ein Licht auf, und ich sah dieses Abenteuer in seinem ganzen Ausmaß.

»Das bringt den Marmor zum Schmelzen!« hatte er gesagt. War das die Rede eines vernünftigen Mannes?

Zweifellos nein. Der Unbekannte war seiner Sinne nicht mächtig.

Die Anwesenheit des Wirtes mit den kräftigen Schultern beruhigte mich. Doch war ich noch niemals fähig, eine prompte Entscheidung zu treffen, und so fragte ich mich: Soll ich um Hilfe rufen? Und wenn er plötzlich einen Dolch oder ein Messer zieht? Bei Verrückten weiß man nie. Deswegen sind sie ja verrückt. Soll ich fliehen?

Ich betrachtete mir seine Beine. Sie waren überaus lang... Ich kalkulierte, daß er mich nach allerhöchstens hundert Metern eingeholt haben würde. So beschloß ich, noch einige Minuten zu warten und mich dann von ihm zu verabschieden wie von einem ganz normalen Menschen. Gelang mir das nicht, würde ich schreien, ihn mit aller Kraft umklammern, und der Barmann würde mir sicher helfen, ihn loszuwerden. Ich wartete auf den geeigneten Augenblick.

»Monsieur«, sagte er, nachdem er mit der Zunge geschnalzt hatte, »es ist mir sehr darum zu tun, Ihnen Erhellung zu geben. Wie im übrigen auch die Genugtuung, die Ihnen zusteht. Haben Sie schon mal vom Imperator gehört? Der bin ich, Monsieur, höchstpersönlich.«

Diese Einleitung enthob mich aller Zweifel. Er hielt sich für einen Imperator! Aus Angst, ihn zu verärgern, sah ich ihn bewundernd an.

»Ich habe zahlreiche Subjekte, ganz zu schweigen von den Objekten der Besorgnis. Man nennt mich auch den Philosophen. Ich fühle mich dadurch doppelt geehrt; seit Marc Aurel hat niemand mehr beide Titel zugleich getragen. Diese Würden haben mich jedoch in keiner Weise hochmütig gemacht – im Gegenteil, ich würde unsere Freundschaft über die Maßen gern vertiefen. Aber vorab ist noch eine Formalität zu erledigen.«

Er stand auf und reckte seinen Hals so hoch, wie er es eben vermochte. Dann trat er auf mich zu und sagte: »Hätten Sie die Güte, mir eine Ohrfeige zu geben?«

Ich war ein wenig verwirrt. Aber er sah mich fest an und beharrte: »Warum lassen Sie mich leiden?«

Ich gab ihm also seine Ohrfeige. Sie klatschte fröhlich auf. Irritiert betrachtete der Wirt dieses Treiben.

»Noch eine«, sagte der Verrückte, »aber kräftiger bitte, diese hat mich nicht befriedigt.«

Er hielt mir die andere Wange hin. Die Erinnerung an die Schläge, die ich von ihm einkassiert hatte, führte mir die Hand: Sein Gesicht schwang in einer Halbwendung nach rechts. Er legte spontan seine Hand darauf und sagte: »Die war geladen. Aber sei's drum. Wären Sie so nett, mir die Tritte in den Hintern zurückzugeben, die ich Ihnen versetzt habe?«

Mein Traum kam mir allzu albern vor, und ich wies dieses Ansinnen von mir.

»Monsieur«, drängte er, »halten Sie mich bitte nicht für einen dieser Lümmel, die ihre Geschenke zurückfordern. Nehmen Sie zum Beispiel jenen Pintius Fabellus, Konsul in den letzten Jahren der Republik. Dieser Fabellus strengte einen Prozeß gegen eine Kurtisane an, weil er ein Collier wiederhaben wollte, das er ihr zur Zeit ihrer Liebe geschenkt hatte. Zwar handelt es sich hier nicht um ein Collier, und ich gestehe Ihnen gerne zu, daß Sie mir keineswegs den Eindruck einer Kurtisane machen. Aber ich muß Sie darauf hinweisen, daß diese Fußtritte mir zu Recht gehören.«

Dieser Verrückte war sehr nett. Und der Bitter bewirkte, daß ich nun lachen mußte. Da er insistierte, stand ich auf und gab ihm bereitwillig seine Fußtritte.

Hippolyte, der Wirt, lachte aus vollem Halse. Er führte einen Finger an die Stirn, um mir zu bedeuten, daß der Typ nicht ganz normal sei.

Nach dem letzten Tritt setzte der Verrückte sich wieder hin.

»Wissen Sie, was Sie getan haben?« fragte er. »Sie haben das uralte Gesetz der Wiedervergeltung angewandt, wie es im Pentateuch steht, einem der heiligen Bücher der Juden. Wir sind also quitt. Es bleibt mir jetzt nur noch, Ihnen die mir notwendig erscheinenden Erklärungen zu geben. Hippolyte, zwei Bitter!«

Ich sagte nicht nein.

Ich bin an starke Getränke nicht gewöhnt, und diese Flüssigkeit hatte mir ziemlich rüde die Schleimhäute frottiert. Aber ich empfand den kleinen Schmerz als angenehm und spürte, wie eine feurige Hitze mein gesamtes System durchlief. Ich trank das dritte Glas mit einer liederlichen Begeisterung, die mich selbst erstaunte.

Und plötzlich kam der Raum mir sehr viel heiterer vor. Ich blickte auf die Pendeluhr: Sie stand auf Viertel vor acht. Dieser Anblick versprach mir einen peinlichen Empfang von seiten meines Vaters mit seinen Riesenhänden; gleichwohl gedachte ich nicht zu gehen. Mein Gefährte lächelte seltsam. Ich empfand ihn jetzt eher originell als verrückt; die ganze Geschichte entwickelte sich in meinen Augen zu einem gewaltigen Spaß.

»Vorab, Monsieur«, sagte er und stützte die Ellenbogen auf den Tisch, »haben Sie etwas dagegen, wenn ich dich duze?«

»Nicht im mindesten.«

»Sehr gut. Aber das muß auf Gegenseitigkeit beruhen«, sagte er feurig. »Es muß. Begreifen Sie? Verstehst du? Es gilt die Ungleichheit des Hasses zu egalisieren, um sie in die Gleichheit der Freundschaft zu verwandeln.«

Ich spürte, wie mein Gesicht sich zu einem dümmlichen Lächeln weitete, das darauf haften blieb.

»Ich gebe dir hiermit zu wissen«, sprach er, »daß ich im Melderegister als Louis-Irénée Peluque geführt werde: sag selbst, das klingt nicht übel. – Also paß auf: Eines Tages treffe ich genau an der Stelle, an der wir uns kennengelernt haben, ein bezauberndes kleines Dienstmädchen: brünett, keusch, aus Toulouse und sehr begehrenswert. Nun stell dir mein Erstaunen vor – sie stand nicht auf meiner Liste!«

Bei diesen Worten zog er ein längliches Heft aus der Tasche, das sehr abgegriffen aussah.

»Hierin vermerke ich«, verkündete er mir nun weiter in vertraulichem Ton, »alle Schönheiten, die mir ins Auge fallen. Neben den Namen schreibe ich mir jeweils Adresse, besondere Merkmale und die Straßen, wo ich die größten Chancen habe, ihnen zu begegnen. Ich trage sodann meine Fortschritte in der Sache ein, die Rendezvous und den falschen Namen, unter dem ich mich vorstelle. Man muß in solchen Angelegenheiten eine minuziöse Buchhaltung führen… Sobald mein Sieg vollkommen ist, setze ich dem Namen als Symbol meines Triumphes ein Kreuz gegenüber und dazu einige Worte, sozusagen das Epitaph dieser Liebe. Kannst du mir folgen?«

»Vollkommen«, sagte ich, immer noch lächelnd.

»Ich trug sie also unverzüglich ein und ging in die Offensive. Kellner, zwei Bitter!

Mir erschien diese Unternehmung von Anfang an schwierig, und sie wurde es auch auf grauenvolle Weise. Das anbetungswürdige Hausmädchen hatte ein sehr unzugängliches Herz. Trotz meiner raffinierten Strategie, meiner Anstrengungen, meiner Erfahrung, trotz zahlloser geheuchelter Versprechungen, trotz zweier neuer Krawatten, trotz dieser Schuhe, die allenthalben Begeisterungsstürme hervorrufen, trotz dreier Sonette, die ich mir unter Qualen abrang, zeitigten meine Bemühungen nicht den geringsten Erfolg.

Diese dienstleistende Jungfrau weigerte sich, mich auch nur anzuhören. Müßig zerstoben meine Worte in einer Brise der Nichtachtung. Brünett und mollig, mit dem Hautgout der Unschuld, hatte sie ihr Herz mit einem dreifachen Bronzeharnisch umgeben – im übrigen lediglich eine Metapher, denn sie trug nicht einmal ein Korsett.

Jeden Morgen erwartete ich sie an diesem gleichen Platz. Sie kam mit ihrem bezaubernden Einkaufsnetz. Ich übergoß sie sogleich mit einem glühenden Wortschwall. Ich hüllte sie in den Dunst der Leidenschaft... Umsonst! Ungerührt entfloh sie mir, und die Schwaden der Liebe verdichteten sich zu heißen Tränen, die meine Wangen hinabrannen... Ich lachte nicht mehr, ich sang nicht mehr, ich aß nicht mehr, ich sprach nicht mehr, ich träumte nicht mehr, ich schlief nicht mehr, ich lebte nicht mehr. Ich war unsterblich verliebt. Kannst du mir folgen?«

»Hervorragend«, sagte ich interessiert.

»Noch einen Monat mit dieser Diät, und die Hölle hätte mir ihre Tore geöffnet. Ich siechte dahin. Unmerklich näherte sich mein Nabel meiner Wirbelsäule; er beschrieb auf meinem pergamentbleichen Bauch ein Relief, das mich erschreckte.

An diesem Punkt riet mir ein Freund, ein Gelübde abzulegen. Jawohl, Monsieur, ein Gelübde; das klingt Ihnen idiotisch, nicht wahr? Passen Sie auf, Monsieur. Ich versichere Ihnen – verzeih, daß ich dich gesiezt habe, das ist mir so herausgerutscht –, ich versichere dir, jeder Mensch hegt im Tiefinnern einen sehr lebendigen Glauben an das Übernatürliche. Wie viele Menschen, vernunftbegabte Familienväter, verlassen das Haus mit den Worten: ›Ich nehme meinen Regenschirm mit; dann regnet es nicht.‹? Wie viele Menschen gehen insgeheim die unglaublichsten Verpflichtungen gegenüber Teufel oder Heiligen ein?

Ich meinerseits rief den Herrn an. Aus inbrünstigem Herzen sandte ich ihm dieses demütige Bittgebet: ›Himmlischer Vater, Jehova, Jupiter, Zeus, Allah, Tervagant, Buddha, Vishnu… verzeih, falls ich einen deiner Namen vergessen haben sollte… Gott, du, der du den kleinen Vögeln ihre widerwillig zappelnde Nahrung gibst, gewähre dem verzweifelten Peluque seine Beute, die er nicht zu verschlingen gedenkt. Dafür gelobe ich dir, meinem friedlichen Charakter zum Trotz, das erste Individuum aufs gewalttätigste anzugreifen, das jenes gesegnete Trottoir mit Füßen tritt, auf dem ich sie zum ersten Mal sah. Vorausgesetzt allerdings, daß er mir an Kraft unterlegen erscheint. Herr, gelobt sei dein Name durch alle Zeiten, und dein Wille geschehe, auf der Plaine wie auch anderswo!‹

Gleich am nächsten Tag, mein lieber Freund, gelangte ich ans Ziel. Breiten wir einen Schleier über derlei lustvolle Ausschweifungen, und seien wir nicht indiskret. Ich sag dir nur eins: Sie heißt Marie Pierrot und ist Hausmädchen beim Konditor an der Ecke. – Aber nun mußte ich mein Versprechen erfüllen.

Also begab ich mich heute abend leichten Fußes zur Ecke Rue Sénac und Rue de la Bibliothèque. Sie tauchten auf, Sie näherten sich, und Sie bekamen das, was Sie sehr wohl wissen. Aber machen Sie allein das

Schicksal dafür verantwortlich, daß du es warst und kein anderer. Jetzt kennst du die Geschichte. Weigerst du dich, diese Hand zu drücken? Es ist die eines anständigen Mannes.«

Mit Hilfe des Alkohols verzieh ich ihm seine Schläge und dachte mir, daß ich sie ihm ja zurückgegeben hatte. Nach einem weiteren Glas Bitter begann er vor Reue zu weinen, während ich zu meiner eigenen Überraschung laut auflachte. Er erzählte mir dann, daß er als Externer das Gymnasium besuchte. Er folgte dort den gleichen Kursen wie Jacques Panier, den er den »Göttlichen« nannte.

Als Beweis seiner Wertschätzung verlas er mir mit lauter Stimme sein komplettes Verzeichnis. Dann offerierte er mir ein Stehaufmännchen in Hosentaschenformat. Es bestand im wesentlichen aus der Holzkugel, mit der seine Mutter die Strümpfe zu stopfen pflegte. Schließlich zog er eine lackierte Okarina aus der Tasche und spielte mir zu Ehren Home, sweet home. Er wollte gerade zur Ouvertüre der Zauberflöte ansetzen, als der Wirt uns zum Gehen aufforderte. Was wir taten.

Er begleitete mich nach Hause, und vor der Tür schworen wir uns, in ewiger Freundschaft verbunden zu bleiben. Wir haben diesen Schwur ohne allzu große Mühe bis auf den heutigen Tag gehalten. Louis-Irénée ließ mich Jacques Panier näher kennenlernen, der wie sein zweites Ich war. Ich hatte mich in diesem großen Geist so sehr getäuscht, daß ich ihn für einen Musterschüler hielt. Bald wurde ich eines Besseren belehrt.

Binnen nur einer Woche knüpfte sich unsere Dreierfreundschaft; allein der Tod wird, wie ein zweiter Alexander, diesen auf göttliche Weise gordischen Knoten zu durchtrennen vermögen.

4.

An diesem Punkt ergreife ich nun wieder die Feder.

Ich besuchte in jenem Jahr gemeinsam mit Peluque den Philosophiekurs. Er brillierte dort auf außerordentliche, aber aufgrund seiner häufigen Abwesenheit sehr unregelmäßige Weise. Unser sympathischer Lehrer hatte sehr viel übrig für seine bizarre Intelligenz und bewies Peluque besonderes Wohlwollen. Dieses Faible, das er nicht im mindesten verbarg, empörte das neidvolle Pack der Musterschüler.

Eines Donnerstags saßen wir uns gegen zehn Uhr früh in dem winzigen Café an der Plaine gegenüber. Unsere Ellenbogen ruhten auf einer spiegelnden

Marmorplatte; Peluque rauchte seine duftende Pfeife; Hippolyte am Schanktisch spülte mit seinen von Aluminiumringen umschnürten Fingern in trübem Wasser die Gläser.

Es war Markttag.

Durch die Fenster des Cafés betrachtete ich die kleinen grauen Esel, die am Trottoir aufgereiht standen. Sie waren unwirklich erscheinenden Karren vorgespannt. Die Rückkehr ihrer Herren erwartend, bewegten sie ihre großen Ohren.

Rings um den Platz wölbten sich zahllose Marktschirme. Die Händlerinnen thronten auf ihren Stühlen. Eine von ihnen beschimpfte gerade eine sparsame Kundin, beschuldigte sie, ihr ganzes Geld in ihre Hutfedern gesteckt zu haben. Andere sinnierten reglos vor sich hin; zweifellos repetierten sie in Gedanken ihr gewaltiges Zotenvokabular, das ihnen schon in der nächsten Minute dienlich sein konnte.

Peluque lächelte charmant. Ich drehte mich um und sah ein junges Mädchen von etwa sechzehn Jahren. Sie trug eine Schulmappe unter dem Arm und hob grüßend die Hand.

»Das ist meine Cousine«, erklärte er. Schmerzlich aufseufzend fügte er hinzu: »Die Unglückselige! Ach! Die Unglückselige!«

»Was hat sie denn verbrochen?« fragte ich erstaunt. »Hat sie Schande über die Familie gebracht?«

»Schlimmer«, rief er, »denn darunter hätte sie weder psychisch noch physisch zu leiden. Aber sie ist im Begriff, ihre Vorprüfung zu machen... Hast du ihren unsicheren Schritt bemerkt? Die Ringe unter den Augen? Den Blick? Das fahle Lächeln? Armes Mädchen! Und weißt du, was sie dahin gebracht hat? Das Bassin.«

»Welches Bassin?« fragte ich erstaunt.

»Das Bassin, das von drei Hähnen gefüllt wird«, antwortete er vor Entrüstung bebend. »Der erste Hahn liefert zwei Kubikmeter in der Stunde; er rinnt zweiunddreißig Minuten. Der zweite erbringt drei Liter und siebenundzwanzig Zentiliter in der Minute und läuft vier Stunden. Der dritte rinnt acht Stunden und zwölf Sekunden und liefert zwei Siebtel vom Ertrag des ersten Hahns. Man versichert dir, daß das Bassin, das einen Meter breit und fünfunddreißig Meter lang ist, von einem Arbeiter gegraben wurde, der dreihundert Kubikdezimeter in der Stunde ausschaufelte. Er ruhte sich pro Stunde fünf Minuten aus. Weißt du, bis zu welcher Höhe das Wasser in diesem Bassin reicht? Nein, du weißt es nicht, und du wirst es niemals wissen. Siehst du, sie weiß es, und das bringt sie um.«

Seine Stimme wurde hart und sarkastisch.

»Wenn es noch allein das Bassin wäre! Aber die Bäuerin, die ihre Eier zum Markt trägt! Und das bukolische Problem des Hirten, der die Wolle seiner Schafe mit Hilfe enervierender Bruchrechnungen verkauft! Über derlei Denkaufgaben, über solch kompliziertem Blödsinn hat die Kleine ihre Jugend vergeudet... Dazu kommen gelegentliche Aufsätze wie ›Pierre qui roule n'amasse pas mousse‹* (erörtern und kommentieren), die Unterpräfekturen, Ludwig der Zänker und Chlodwig der Merowinger... O Untergang der Zivilisation! O Christenheit! Vor zwei Jahrtausenden hätte sie an der Jagd der jungen Männer auf dem dichtbewaldeten Taygetos teilgenommen. Nur leicht umhüllt von einem zarten, wallenden Gewand hätte sie den göttlichen Chor der tanzenden Jungfrauen zu den goldenen Gestaden geführt... Die Sonne des Peloponnes hätte ihr junges Fleisch reifen lassen... Und des Abends hätte sie, schneeweiß in der Dämmerung, den vorüberziehenden Schwänen nachsinnend, am Eurotas Oleanderblüten gepflückt...«

Seine Stimme klang jetzt fern und getragen. »Wo sind sie, die Kanephoren, die Körbe aus geflochtenen Binsen zu den Panathenäen trugen? Und die schlanke, geschmeidige Nausikaa, die die Wäsche ih-

---

* Ein Stein, der rollt, setzt kein Moos an. Anm. d. Übers.

rer Brüder im trägen Wasser des Baches wusch und an den Ufern des schimmernden Meeres mit ihren Gefährtinnen Ball spielte? Nausikaa, wo sind deine Schultern, die beglückende Linie deines Halses, dein schöner Busen aus federndem Schnee und dein zarter, rosiger Fuß?

Zum Vorexamen trittst du an mit eingefallener Brust und mit Füßen, die nach innen weisen. Deine Augen glänzen von fiebriger Schlaflosigkeit, deine Arme sind dürr, deine Ellenbogen spitz... Deine Waden gleichen Ofenrohren, und links oben ist dir vielleicht gar schon das Licht erloschen!

O Kultur! Wissenschaft! Christentum!

Wir leiden an einer erschreckenden Hypertrophie der Seele... Die Seele, dieses arme kleine Licht, das lediglich dazu dienen sollte, uns in unseren alltäglichen Verrichtungen zu leiten, ist plötzlich hochgeschossen wie eine Flamme. Die Intelligenz ist zu einem gigantischen Tumor ausgewuchert. Das Individuum wird nicht daran sterben, aber sie verzehrt die ganze Rasse, und die Rasse wird daran zugrunde gehen!

Wie bitte? Was willst du sagen? Die Intelligenz hat uns neue Vergnügungen geschenkt? Sie hat die Kunst und die Poesie hervorgebracht? Aber der Körper! Der Körper! Die Schönheit der Formen, die heiteren jungen Kurven, die schwerelose Harmonie der Bewegungen! O Panier, der Knöchel einer Jungfrau enthielt mehr Kunst und Poesie als Sully Prudhommes* debiler Schädel!«

»Aber«, erwiderte ich, »für all das ist doch nicht das Bassin verantwortlich! Es ist lediglich das Resultat! Was dein Bedauern angeht, so stimme ich dir zu und teile es. Denn auch ich hatte diese Aufgaben zu lösen; auch ich habe jenes Zimmer tapeziert, das in all seinen Maßen Zehntelmeter enthielt, als hätten die Maurer das mit Absicht getan. Und die Tapetenrollen waren 2,75 Meter lang und 0,512 Meter breit und drei Millimeter dick. Ihr spezifisches Gewicht betrug 0,876, und sie kosteten sechs Francs pro Kilo. Und man mußte den Sockel und den Fries und die Überlagerungen des Papiers einkalkulieren!«

»Da sieh mal einer an!« sagte Peluque. »Und ist es dir etwa gelungen, den Trick zu durchschauen?«

»Nicht immer«, sagte ich, »manchmal habe ich die Fenster und teilweise auch die Decke mittapeziert...«

Begeistert schüttelte er mir die Hand.

»Gelobt seien die Götter!« rief er. »Nur einem Dichter können so wundervolle Irrtümer unterlaufen. Nur weiter so, Panier, du Göttergleicher! Tapeziere ein Leben lang die Fenster. Tapeziere das Fenster des Zweifels, die Luke der Dummheit, das Bullauge der Religionen! Aber tapeziere niemals den wei-

* franz. Dichter, 1839–1907. Anm. d. Übers.

ten Himmel der Poesie, denn er zeigt allein die blauen Träume, in denen sich die Wolken wiegen, und die riesige Sonne, auf der die Götter sitzen!«

Er nahm einen großen Schluck Bitter.

»Dennoch«, sagte ich, um uns zum Thema zurückzuführen, »ist die Notwendigkeit der Bildung unumstritten.«

Er hob die Arme gen Himmel. »Und dich hält man für intelligent!« rief er. »Wozu ist heutzutage noch die Wissenschaft gut? Allein um Hungers zu sterben. Das ist eine unwiderlegbare Tatsache!«

Er sinnierte einen Augenblick.

»Doch freut es mich, die Geburt eines neuen Denkens mitzuerleben. Der Idealismus, der fanatische Idealismus, stirbt aus. Die Bischöfe haben Badezimmer und betreiben aus Angst vor Harnsäure schwedische Gymnastik. Sie wissen vielleicht nicht, was sie tun. Bereiten sie doch, auf diese Weise der Körperpflege huldigend, den nicht aufzuhaltenden Verfall des christlichen Geistes vor. Jawohl, mein Alter (er knallte heftig die Hand auf den Tisch), wir sind zu früh auf die Welt gekommen. In fünfzig Jahren wird man über all diese Bücher lachen. Die jungen Männer werden nur noch zwischen fünfzehn und zwanzig zur Schule gehen, und sie werden sie ebenso schlau verlassen wie wir, nur unendlich viel schöner. Ihre Wirbelsäule wird nicht mehr jenes Zickzack auf einem bleichen Rücken beschreiben, an dem man den guten Schüler erkennt.«

»Ich hab das Gefühl, du regst dich auf!« sagte ich.

»Ach!« rief er. »Ich will nur noch der Leidenschaft leben. Verflucht seien die Wonnen des Geistes! Alfred de Vigny* (er grüßte) hat irgendwann gesagt, das Leben sei ein Verlies, und man müsse das feuchte Stroh flechten, um sich die Zeit bis zum Tod zu vertreiben. Irrtum! Irrtum! Das Leben ist ein Gemeinschaftsgefängnis! Wozu überflüssige Matten produzieren? Spielen wir lieber mit unseren Mitgefangenen die göttlichen Spiele der Liebe und des Zufalls.«

Hippolyte blinzelte erheitert.

Der Philosoph stopfte langsam seine Pfeife; dann fragte er: »Willst du eine Pfeife?«

»Ich habe keine Pfeife«, antwortete ich. »Wenn ich dich richtig verstehe, bietest du mir eine Pfeife voll Tabak an und setzt dabei den Inhalt für das Gefäß.«

»Gott behüte!« rief er. »Ich biete dir eine Pfeife aus Heidewurzel mit silberner Zwinge und Bernsteinmundstück. Sie ist gebraucht, um ehrlich zu sein, aber was bei einer Zahnbürste ein Mangel ist, hebt bei einer Pfeife den Wert.«

Er zog diesen bewunderungswürdigen Gegenstand aus der Tasche.

* franz. Dichter, 1797–1863. Anm. d. Übers.

»Ich hatte sie bereits Bécard geschenkt«, sagte er mit leichter Melancholie. »Unter dem Vorwand, seine Mutter würde den Geruch nicht ertragen, brachte er sie mir zwei Tage später wieder: odorem aegre ferebat. Daraufhin überließ ich sie Ducros. Er gab sie mir mit der Behauptung zurück, sie sei naß und gluckere entsetzlich. Aber das ist eine Verleumdung; ich bin sicher, sein unerfahrener Speichel sabberte im Stiel. Möchtest du sie?«

»Pfui!«

»Was?« rief er. »Auch du? Auch du ziehst dich feige zurück vor dem, der dir ein Geschenk anbietet? Timeo Pelucum, et dona ferentem! Dabei«, fügte er hinzu, die Pfeife sehr eingehend betrachtend, »ist sie vornehmster Herkunft: Sie gehörte dem Schwiegervater.«

»Welchem Schwiegervater?« fragte ich überrascht.

»Meinem Schwiegervater, oder, falls dir das lieber ist, meinem zukünftigen Schwiegervater.«

»Das ist ja ganz was Neues!« rief ich.

»Das ist überhaupt nichts Neues«, erwiderte er. »Dieser Brauch geht im Gegenteil bis weit in die Antike zurück. Es gab schon immer Schwiegerväter, seit sechstausend Jahren, seit es Menschen gibt, die sich verheiraten.«

»Du hast mir gar nicht erzählt, daß du heiraten willst!«

»Dann erzähle ich es dir jetzt«, erwiderte er und zog eine zur Hälfte mit Tabak gefüllte Schweinsblase aus der Tasche. »Ich erzähle es dir jetzt.«

Ganz offenbar wollte er sich aber nicht näher erklären. Doch meine Neugierde war geweckt, und ich insistierte.

»Wie heißt das Mädchen, das du dir erwählt hast?«

»Erwählt!« rief Peluque. »Du läßt mir zu viel Ehre angedeihen. Hüte dich tunlichst vor diesem gängigen Irrtum. In der Liebe wählt man nicht. Schopenhauers furchtbare Entdeckung bezüglich der Metaphysik des Instinktes hat dies grauenvoll bewiesen. Unwiderstehlich ziehen zwei Wesen einander an. Manchmal geht's gut, und das Leben kopiert Monsieur Henry Bordeaux*. In anderen Fällen häufen sich die Schwierigkeiten. Dann nimmt sich Monsieur Saint-Georges de Bouhélier** dieses Falls an, und der macht eine Tragödie daraus.«

»Wie heißt sie?«

»Lucie! O bezaubernder Name! (Er schickte eine Rauchwolke an die Decke.) Man wird uns offiziell miteinander verloben.«

»Wie bitte? Aber du hast doch keinerlei Position.«

»Sie bekommt dreihunderttausend Francs Mitgift!«

* franz. Schriftsteller, 1870–1963. Anm. d. Übers.
** franz. Schriftsteller, 1876–1947. Anm. d. Übers.

Ich lachte laut heraus.

»Nimm mich nicht auf den Arm, Louis-Irénée!«

»Ich gebe dir mein Ehrenwort. Ich werde mich offiziell mit Lucie Ledru verloben, und ihr Vater hat mir dreihunderttausend Francs Mitgift versprochen.«

Ich war sprachlos. Denn ich muß zugeben, Peluque hat mich niemals grob angelogen. Zweifellos ist es oft schwierig, aus seinen Übertreibungen die Wahrheit herauszulesen. Sein chaotisches Temperament verändert sie auf seltsame Art und Weise. Aber gelogen, das heißt, eine Sache erfunden oder ein Geschehnis der Vergangenheit unterdrückt, das hat Peluque noch nie getan. Deshalb glaubte ich ihm. Und nach einigen Sekunden, die ich dem Nachdenken über diese unglaubliche Eröffnung widmete, sagte ich: »Peluque, deine Verlobte ist verkrüppelt, hat eine Glatze, oder sie ist blind.«

»Panier, meine Verlobte ist bestens zu Fuß, hat lange Haare und Adleraugen.«

»Dann ist sie schwachsinnig zur Welt gekommen, oder sie hat ein uneheliches Kind.«

»Panier, sie ist von außerordentlicher Intelligenz und von unschuldiger Reinheit. Mit siebzehn glaubt sie noch an den Klapperstorch!«

»Aber wie erklärt sich dann diese Heirat?« fragte ich. »Dieser Mann ist doch nicht zu dir gekommen und hat gesagt: ›Monsieur, Sie sind nicht von Adel, Sie haben kein Geld und noch nicht einmal das Abitur, und Ansehen genießen Sie allein unter den Droschkenkutschern, mit denen Sie sich duzen. Ich biete Ihnen meine Tochter und fünfzehn Kilo Goldmünzen.‹«

»Hoho!« rief der Philosoph. »Wie du das wieder darstellst! Man sieht, du hast keinen Sinn für Realität! Nein, das lief keineswegs so, wie du sagst.«

Er nahm einige Züge aus seiner knisternden Pfeife.

»Eines Mittags gegen Viertel vor zwei ging ich die Rue de la Bibliothèque zum Gymnasium hinab. Ganz plötzlich ergriff mich eine unüberwindliche Aversion gegen die Kosmographie, mit der der kleine Pater Ferdy uns jede Woche zwei Stunden lang anödet. Ich sah ihn vor mir, wie er uns mit der Kreide in der Hand vom Mond erzählte, als verbrächte er dort die Sommerferien, und mit seinem Aveyroner Akzent die göttlichen Namen Atair und Beteigeuze aussprach... Ich flüchtete deshalb in ein Kino.

Kaum saß ich in meinem Kippstuhl, da sah ich einen kleinen glockenförmigen Strohhut neben mir. Dieweil ich mir einen idiotischen Film betrachtete, rückte ich näher an das schöne Kind heran. Meine Schulter streifte die ihre. Sie wich zurück. Mein Ellenbogen berührte den ihren; sie entzog sich wieder. Dieser köstlich lautlose Kampf dauerte lange. Doch

47

war mir, als legte meine Gegnerin keinerlei Feindseligkeit in ihre Abwehr.

Plötzlich küßten sich die beiden Hauptdarsteller in einer Vollmondlandschaft feucht auf den Mund. Im gleichen Augenblick setzte die Sologeige zu einem sehnsuchtsvollen Walzer mit jähen Juchzern und Schluchzern an. Er bewirkte den Kick im Magen, mit dem die Achterbahnbesitzer sich eine goldene Nase verdienen. Der Geiger, in höchster Erregung, insistierte auf eindeutig lasziven Vibrati. Seine kostenlose Mitarbeit verhalf mir zum Sieg. Beim fünften Takt ließ meine Nachbarin ihre Hand in der meinen... Ich stand auf, um zu gehen.«

»Wieso?«

»Das Interessanteste war geschafft... Doch da ging das Licht an. Ich sah sie, verstehst du? Ich sah sie!«

Ein feierlicher Ausdruck legte sich auf sein Gesicht.

»Ich ging nicht! Und das gilt für immer und ewig!«

»Wenn mich nicht alles täuscht«, sagte ich, »verkündest du mir alle zwei Wochen eine ewige Liebe.«

»Du bist ein Vollidiot«, brüllte er, »wenn du nicht kapierst, daß dieses Mal nichts gemein hat mit allen anderen Malen!«

»Und wie ging es weiter?«

»Ich steckte Lucie einen Zettel für eine Verabredung zu... Wir sahen uns ganz banal auf der Straße wieder, als sei die Straße würdig... O Gott! Aber Not kennt kein Gebot.

Nach einer Woche zog sie eine alte Jungfer ins Vertrauen, die sie im Klavierspiel unterrichtet. Du weißt, wie unmoralisch diese alten Jungfern manchmal sind, von einer sozusagen irrealen Unmoral; sie befriedigen sie keineswegs persönlich, sondern begünstigen junge Liebespaare... Diese nun nahm uns unter ihre Fittiche und belog Lucies Mutter aufs schamloseste: Sie stellte mich dieser Frau als einen ihrer brillantesten Schüler vor... Ich wurde zu meiner Angebeteten eingeladen... Ich offenbarte der Mutter die Gefühle, die mich verzehren; in einer Woche wird man uns miteinander verloben.«

Mit triumphierendem Lächeln zündete er sich erneut seine Pfeife an.

»Peluque«, sagte ich, »ich glaub dir ja, daß das stimmt. Aber ich wette hundert Sous gegen einen, daß du diesen Leuten irgendeinen Bären aufgebunden hast.«

Der Philosoph nickte.

»Du gewinnst den Sou«, antwortete er, »ja, du gewinnst den Sou.«

Ich begann zu lachen.

»Kicher nicht so, du kleiner Unglückseliger! Hör auf mit diesen ekelhaften Grimassen und diesem dümmlichen Gelächter! Ja, ich habe dem Schwiegervater eine kleine Lüge erzählt. Aber ich hatte keine andere Wahl!«

Er schlug seine Pfeife an seinem Absatz aus.

»Ich habe ihm gesagt, ich sei Chemiker.«

Ich lachte wieder und noch lauter.

»Was soll dieses Gekicher?« schrie er wütend. »Paß auf! Lucie stellt mich ihrem Vater vor: ›Monsieur Peluque, ein anerkannter Chemiker.‹ Ich hatte ihr nichts dergleichen erzählt. Aber sie hielt mich ganz einfach für einen Chemiker.«

»Du brauchtest doch nur das Gespräch auf die Philosophie zu bringen, die die Chemie der Seele ist oder das Reagenzglas der Innenbetrachtung. Du hättest die Sache richtiggestellt, ohne sie zu kränken.«

»Ich tat es nicht. Zum einen gefiel mir dieser Titel eines Chemikers, weil er mir nicht gehörte; du weißt, ich probiere gern die Kleider anderer Leute. Und zum anderen antwortet mir der Schwiegervater: ›Chemiker? Na wunderbar! Schrapnell, Pulver, Patronen, Wissenschaft, Nutzen, Zukunft! Ich fürchtete schon, Sie wären Dichter, Wortverschwender – Moral, Philosophie und all dieses Zeug. Meinen Glückwunsch, junger Mann!‹ – Ich konnte nicht mehr zurück!«

»Was ist dein Schwiegervater im bürgerlichen Leben?«

»Kapitän, selbstverständlich nur zum Vergnügen. Er überweist seinen Sold der Pensionskasse der Offiziere. Na, reich wie er ist... Und er ist sehr feinfühlig. Er hat es mir nicht gesagt, aber ich habe ihn auch ohne Worte verstanden.«

»Und du hast ihm weisgemacht, du würdest Geld verdienen?«

»Ich habe ihm gesagt, ich würde im Juli den dritten Teil meines Chemieexamens machen. Wir heiraten, sobald ich es bestanden habe.«

»Also nie.«

Er lächelte maliziös.

»Kennst du meinen Cousin Henri Peluque aus Tarascon, der ganz allein hier lebt, um sich auf das besagte Chemiediplom vorzubereiten? Die ersten beiden Teile hat er bereits hinter sich. Sobald er den dritten bestanden hat, zeige ich dem entzückten Schwiegervater die Resultate, und wir heiraten.«

»Aber was dann? Du wirst ihm wohl oder übel eingestehen müssen, daß du nicht einmal das Abitur und abgesehen von der Formel des Alkohols, von dem du allerdings saturiert bist, nicht die geringste Ahnung hast!«

»C_6H_5OH«, sagte er ernsthaft. »Dann habe ich schon die Tochter und das Geld. Ich werde dem Schwiegervater kaltblütig gestehen, daß ich Philosoph bin, und wie ich ihn kenne, wird mir das eine hervorragende Gelegenheit bieten, es ihm zu beweisen!«

»Da ist eine große Gefahr. Was, wenn dein Cousin durchs Examen fällt? Er ist ein intelligenter Kerl, aber er hat's dick hinter den Ohren und arbeitet wenig!«

»Jetzt mehr!« sagte Peluque augenzwinkernd.

»Wieso? Ist sein Vater da?«

»Fast, denn ich überwache ihn, meinen geliebten Cousin! Beim kleinsten Ausrutscher schreibe ich an seine Eltern.«

Ich war empört. »Was soll ich denn nun von dir denken? Betätigst du dich jetzt als Spion?«

»Er weiß ja nicht, daß ich es bin!«

»Was? Schreibst du etwa anonyme Briefe?«

»O nein!« versetzte er vorwurfsvoll. »Meine Briefe sind nicht anonym! Ich zeichne mit ›Tom Barclay, Leutnant der Heilsarmee‹. Und im übrigen geschieht das nur zu seinem Besten. Sobald er bestanden hat, gestehe ich ihm alles. Dann sagt er: ›Louis-Irénée, du hast mich gerettet.‹ Und wird mit seinen dankbaren Tränen meine Kniegelenke ölen.«

Dieser naiv-bizarre Plan verblüffte mich.

»Peluque«, sagte ich, »vergiß diese Hirngespinste so schnell wie möglich! Die Idee ist absurd. Damit kommst du bei diesem Mann nicht länger als acht Tage durch!«

»Das geht jetzt schon fünf Wochen so!« erwiderte er. »Und die Arglosigkeit des Kapitäns stellt die von Chloe weit in den Schatten.«

»Jetzt hör mir mal zu, mein Freund. Ich schwör dir, der Plan ist verrückt. Glaubst du im Ernst, ein ehrbarer Bürger gibt seine Tochter einem Mann, den er nicht kennt? Glaubst du, der Kapitän holt keine Auskünfte über dich ein? Du mußt ihm deine Mutter vorstellen! Diese einfache Frau hält einer so komplizierten Fabel niemals stand! Doch gesetzt den Fall – obgleich diese Hypothese jeglicher vernünftigen Überlegung widerspricht –, du erreichst dein Ziel. Es bleibt eine unüberwindliche Schwierigkeit: Du bist nicht geschaffen für die Ehe. Widersprich mir nicht; hör lieber zu!

Du heiratest, ohne irgendeine Position zu haben. Was die dreihunderttausend Francs angeht – vorausgesetzt, sie existieren tatsächlich –, so werden sie im Handumdrehen weg sein. Und dann sitzt du in der Patsche, zwischen einer enttäuschten Frau und einem tobenden Schwiegervater. Liebst du sie wenigstens, diese Frau?«

»Soll mich der Blitz erschlagen!« schrie er. »Soll der Donner meine Glieder in alle vier Richtungen des Universums verstreuen! Ja, ich liebe sie! Und ich bin von Grund auf verändert! O Panier, du hast mich bisher in einem Licht gesehen, das mir in keiner Weise günstig war. Du hast miterlebt, wie ich in den vier Wänden des Gymnasiums mit entwürdigender Regelmäßigkeit beschämende Noten für meine Geschichts- und Geographiearbeiten erhielt. Du hast gehört, wie Monsieur le Censeur diese erbärmlichen Resultate vor aller Ohren verlas und stechende Vorwürfe in das empfindsame Fleisch meiner Selbstachtung bohrte... Du hast mich hier an diesem Platz zahllose Bitter trinken sehen, die insgesamt mit Leichtigkeit das Bassin füllen würden, von dem wir vorhin sprachen. O Panier, ich bedaure die Irrtümer meiner stürmischen Jugend... Die Leidenschaft hat mich schlagartig reifen lassen...«

Mit vorgeschobenem Bauch, die Hände in die Hüften gestützt, hörte Hippolyte sich diese Tirade an.

»So wie man ein altes Kleidungsstück von sich wirft, will ich von nun an diesem liederlichen Leben entsagen. Keinen Fuß mehr werde ich in diese Kneipe setzen, unter deren Tischen Leberzirrhose und Delirium tremens lauern!« An dieser Stelle warf Hippolyte einen beunruhigten Blick unter die Tische.

»Siehst du sie?« fuhr er fort und bezeichnete mit ausgestrecktem Zeigefinger die imaginären Monster. »Da die Idiotie im Rollstuhl, mit hängendem Kiefer und trübem Auge, bewaffnet mit Papptrompete und einem Zuckerstäbchen, das sie sich durch den grauen

Bart zieht... Da drüben der schwere Suff mit seinen geschwollenen Augen, der erwachend ein Glas klaren Wassers in seinen ausgedörrten Mund zu leeren versucht... Er sucht seine Schuhe und findet sie nicht, da er sie gestern abend auf den Spiegelschrank geworfen hat... Er fährt sich mit zitternder Hand in die schmerzenden Haare... Zurück, Ungeheuer! Vade retro!«

»Armer Kerl!« sagte Hippolyte. »Wenn du weiter den Irren spielst, drehst du am Ende wirklich durch!«

Aber Peluque schien ihn gar nicht zu hören.

»Jawohl«, fuhr er mit Elan fort, »dieses Leben ist nun vorbei. Adieu Jugend, Ammen, Aperitif! Ich werde so nüchtern sein wie das Kamel in der Wüste; ich werde eine Familie gründen, ich werde angemessen fruchtbar sein. Ich habe nie eine andere geliebt als sie, und immer nur sie werde ich lieben. Und auf meinem von allen Anverwandten in Ehren gehaltenen Grab wird dieser Satz von Propertius zu lesen sein: ›Homo fuit unius amoris!‹ – Er war ein Mann, der nur eine einzige liebte!«

»Ach Panier«, fügte er froh erregt hinzu, »du weißt nicht, wie süß es ist, sich zu sagen: Sie lebt nur für mich, ich lebe nur für sie!«

In diesem Augenblick kam der Briefträger herein.

Peluques Augen folgten ihm mit plötzlichem Interesse.

»Louis-Irénée Peluque!« schrie der Beamte und hielt ihm einen kleinen, rosafarbenen Brief entgegen.

»Der ist von Pomponnette!« rief der Philosoph. Er brach geübt das Siegel und überflog den Brief.

Ein wenig geniert sah er mich an.

»Wer ist diese Pomponnette?« fragte ich scheinbar gleichgültig.

Peluque begann vor sich hin zu pfeifen. Doch unvermittelt hielt er mir den Brief entgegen, den ich mit Verblüffung las.

»Lieber kleiner Pompon,

der kleine Apache watet heute abent auf seinen klainen Frechdax. Pomponnette watet mit Sänsuchd auf Pompon. Pomponnette hat Fraikaden für das Kino, zum umsonst raingehn, one zu bezalen. Die Fraikaden hat sie von eihm Freunt. Pomponnette watet auf Pompon. Kuck nich auf Fäler, den ich bin nich Filosoff wie du un weis nich wie man richtich schraibt un bin auch nich Proffessorr. Pomponnette umamt iren klainen Frechdax un erwatet ihn mit Sänsuchd, den sie hat Fraikaden fürs Kino, one zu bezalen.

Biß acht Ur.

Der Klaine Apache.«

Nachdem ich dieses Kauderwelsch mühsam entziffert hatte, hob ich die Augen zum »Filosoff«.

»Kein schlechter Text, was?« sagte er lächelnd.

»Dieses Mädchen«, sagte ich, »erscheint mir über

die Maßen beeindruckt von der Tatsache daß die Karten nichts kosten, da sie dies so häufig wiederholt.«

»Siehst du darin«, fragte mich Peluque, »ein rhetorisches Mittel?«

»Ich ersehe daraus«, erwiderte ich ernst, »daß die Verfasserin des Briefes die Unentgeltlichkeit als ein Wunder ansieht und uns eben dadurch ihre ökonomische Bedürftigkeit enthüllt. Dieses Mädchen ist somit nicht deine Verlobte, denn die heißt ja Lucie.«

»Mein Gott«, sagte der Philosoph ein wenig irritiert, »das ist eine kleine Schneiderin aus der Rue Marengo, die ich im Kino kennengelernt habe. Sie betet mich an...«

»Und natürlich«, sagte ich, »hast du ihr versprochen, sie demnächst zu heiraten?«

»Himmel...«, sagte er, »du weißt doch genau, daß... Na, schon möglich, daß ich ihr von den Freuden der Ehe gesprochen habe... Aber ich meinerseits habe dem keine übermäßige Bedeutung beigemessen...«

»Sie hingegen um so mehr«, sagte ich, »zumal du ihr ein strahlendes Bild von deinem Reichtum gezeichnet haben dürftest...«

Peluque, energisch an der Pfeife ziehend, winkte heftig ab.

»Hast du ihr etwa nicht erzählt«, sprach ich weiter,

»daß du Multimillionär bist, dich aber ein Verbrechen aus Leidenschaft oder eine anarchistische Verschwörung zwingen, in dieser jämmerlichen Verkleidung herumzulaufen?«

»Panier«, sagte der Philosoph, »du verletzt mich grausam. Nein, ich habe dieses Mädchen nicht belogen. Sie weiß bis ins Detail über mich Bescheid, sieht man mal ab von meiner Adresse, die ihr zu geben ich versäumt habe. Ich habe ihr sogar gesagt, daß ich heiraten werde. Ich muß allerdings gestehen, daß sie wohl dachte, es ginge um sie. Aber ich habe sie nicht belogen.«

»Louis-Irénée«, sagte ich, »hör mir mal eine Minute lang zu. Ich sag dir nur eines: Laß mich heraus aus deinen dreisten Machenschaften, denn ich begreife jetzt gar nichts mehr. Nein! Du erzählst mir von einer reichen Heirat, und dieser Plan steht schon für sich allein auf erschreckend wackligen Beinen. Und genau in dem Augenblick, als du beteuerst, dein Leben zu ändern, als du dich im Glanz deiner Metamorphose sonnst, erhältst du einen Brief, der mir deutlich sagt, daß da noch eine zweite Geschichte im Busch ist. Peluque, um Himmels willen…«

»Sprich mir nicht vom Himmel«, sagte er kategorisch. »Er ist lediglich eine Mischung aus Stickstoff, Sauerstoff und Wasserdampf.«

»Zieh mich da jedenfalls nicht hinein. Ich halte

mich wahrhaftig nicht für schön, aber ich habe trotzdem keine Lust, eines Tages hinter einer Straßenecke eine Flasche Vitriol ins Gesicht zu bekommen.«

»SO_4H_2«, sagte Peluque. »Setzt vierzehn große Kalorien frei. Wie alle starken Säuren.« Er stand auf. »Du bist lächerlich, wenn du diesen moralisierend pastoralen Ton anschlägst. Hör mir lieber ein paar Sekunden zu. Ja, du hast recht, die Situation ist kompliziert. Aber wer trägt die Schuld?«

Ich schaute verblüfft.

»Mach nicht so ein Gesicht!« sagte er mit einer Miene gelangweilter Verachtung. »Du kannst nicht einen Augenblick lang ernst bleiben. Wer trägt die Schuld? fragte ich. Die Ereignisse. Die Ereignisse nehmen von ganz allein ihren Gang. Die Dinge verknüpfen sich, ziehen sich an, treiben sich gegenseitig weiter, und der menschliche Wille hat nur geringen Einfluß darauf... Doch lassen wir diese müßigen Überlegungen. Gehen wir hinaus. Wir werden dieses dornenreiche Gespräch auf der Plaine fortsetzen.«

Mit diesen Worten gab er Hippolyte ein blankes Fünf-Francs-Stück. Der, auf einige kleinere Schulden verweisend, die der Philosoph zu zahlen vergessen hatte, wollte ihm nicht herausgeben.

»Schon gut«, sagte Peluque, »behalt das Gold. Nein, bösartig bist du nicht, aber du widerst mich ein bißchen an.«

Hippolyte steckte die Hände in die Taschen seiner blauen Schürze und erwiderte: »Nun begreif doch mal, du kannst den Bitter nicht immer nur trinken. Ab und zu mußt du ihn auch bezahlen! Vielleicht hast du's ja wirklich vergessen, kann ja sein, ich weiß, du bist furchtbar intellektuell, und dir geht viel durch den Kopf...« Er beschrieb eine gewaltige Geste, um die Masse der Gedanken anzudeuten, die tagtäglich Peluques Hirn durchwanderten.

»Du wirst entschuldigen, wenn ich mich jetzt verabschiede!« sagte der Philosoph. Meinen Arm ergreifend, zog er mich hinaus auf die Plaine.

5.

Dort, unter den Platanen wandelnd, nahmen wir unser Gespräch wieder auf.

»Louis-Irénée«, sagte ich, »falls die Geschichte mit den dreihunderttausend Francs auch nur ein Fünkchen Wahrheit enthält, dann gibt's nur eins: Du mußt dich auf der Stelle von dieser der Orthographie nicht mächtigen Schneiderin trennen.«

Peluque blieb einen Augenblick nachdenklich und hätte um ein Haar das Wägelchen umgestoßen, das eine riesenhafte Amme vor sich her schob. Dann hob er den Kopf und sagte: »Deinem Mund entrinnt göttliche Weisheit wie ein Fluß von Milch und Honig. Gewiß hast du recht, ich gebe es zu, ich weiß es, ich spüre es. Zudem muß ich diese bezaubernde Pomponnette aus einer Vielzahl von Gründen verlassen. Ich werde sie dir in der Reihenfolge nennen; nicht etwa um dich zu überzeugen, sondern um mir selbst die Dringlichkeit dieser Amputation vor Augen zu führen. Ich muß dieses Mädchen verlassen:

a) Weil ich Lucie liebe und es als Verrat ansehe, sentimentale Beziehungen zu einer anderen Person zu unterhalten.

b) Weil irgendwann irgendwie alles an den Tag kommt. Und wenn der Schwiegervater von meinem Verbrechen erfährt, dann adieu Kalb, Kuh, Schwein...«

Ein dicker, ordensgeschmückter Herr, der an uns vorüberging, glaubte mit offenbarer Gewißheit, daß diese letzten Worte ihm persönlich galten, denn ich sah, wie er sich mehrfach umdrehte, und ich weiß nicht, was er in unsere Richtung murmelte.

»Du siehst somit«, fuhr Peluque fort, »es gibt zwei wesentliche Gründe. Der eine ist moralischer, der andere materieller Natur.«

»Bewundernswert analysiert«, rief ich. »Und wann geht die Trennung vonstatten?«

»Bald«, sagte er, »sehr bald…«

Aber plötzlich schob er seinen Hut zurück und sagte: »Panier, ich verachte mich. Ich bin erbärmlich, widerwärtig, verdorben, gemein. Ich bin ein unwürdiger Lump.«

»Warum machst du dich so herunter?« fragte ich.

»Weil ich dir gesagt habe, ich würde Pomponnette verlassen. Als täte ich es aus freien Stücken, im Brustton der Überzeugung, mit einer Stimme, die kein Zittern verriet. Nun, ich bemühe mich bereits seit einem Monat, sie zu verlassen, und trotz meiner festen Absicht habe ich noch nicht den geringsten Fortschritt gemacht. Ich verachte mich, ich widere mich an. Selbst wenn du mir zwanzigtausend Francs bietest, fasse ich meine Seele nicht mit der Pinzette an.«

»Ich biete dir keine zwanzigtausend Francs«, versetzte ich, »nicht einmal um einer so außergewöhnlichen Operation beizuwohnen.«

»Du lachst, Elender«, sagte er in höchster Erregung. »Du lachst und übersiehst dabei, daß ich in einem Gefühlsgeschlinge zappele, das mich zu erstikken droht…«

Auf einer Bank neben dem Pissoir ließ er sich nieder. Ich setzte mich an seine Seite.

»Hör mal, Jacques«, sagte er plötzlich in vertraulichem Ton, »willst du mich retten?«

»Du siehst mich voll und ganz dazu bereit.«

»Hör zu, spiel mir einen bösen Streich. Zwing mich, dieses Mädchen zu verlassen. Raube mir ihre Liebe; überrede sie, mich davonzujagen. Möglicherweise werde ich mich im Anschluß per Faust an dir zu rächen versuchen. Aber du wirst mir damit einen großen Dienst erwiesen haben.«

»Seltsam, die gewalttätige Belohnung, die du mir da versprichst. Aber wie kann ich dir denn helfen?«

»Wie?« rief er. »Na überleg doch mal: Sie liebt mich, sie ist schön, und ich selbst bin mein furchtbarster Feind! Kaum setze ich zu den entscheidenden Worten an, denke ich mir, daß ich diesen köstlichen Körper verlieren werde, diesen ausdrucksvollen Mund, diesen Busen, dessen Festigkeit jeden Metallurgen in Erstaunen setzen würde! Also zögere ich, schweige ich... Und zudem: Selbst wenn meine zugeschnürte Kehle diese Abschiedsworte passieren ließe, wäre damit noch gar nichts getan, denn sie würde weinen.«

»Vielleicht«, sagte ich.

»Na bitte, das siehst du ein! Wenn sie weint, bin ich verloren; ich kann bei Frauen keine Tränen sehen. Wenn du dabei bist, wird sie es nicht wagen. Sie wird erst weinen, nachdem wir gegangen sind. Ich werde es nicht mit ansehen müssen. Was willst du«, fügte er mit leichtem Schulterzucken hinzu, »ich bin eben sehr empfindsam.«

Ich bewunderte sein Feingefühl.

Mit Nachdruck fuhr er fort: »Du mußt dich dieser Sache annehmen. Überlege, denk dir was aus, erfinde, ich verlasse mich ganz auf dich.«

Mir erschien die Rolle, die er mir vorschlug, durchaus amüsant. »Gut«, sagte ich, »ich bin bereit, mich auf dieses Abenteuer einzulassen. Ich werde dir einen Schlachtplan vorlegen.«

»Alles, was du willst«, sagte Peluque. »Du siehst mich hocherfreut und dankbar.«

»Doch vorab stell mich dem Mädchen vor.«

»Ja gut. In den nächsten Tagen.«

»Heute abend«, sagte ich lebhaft. »Noch heute abend.«

»Aber... weißt du...«

»Nein. Keine Ausflüchte. Ich glaube, die Operation kann uns, wie du schon sagst, sehr leicht gelingen. Weißt du, was ich tue? Ich bringe sie dazu, dich fallenzulassen.«

»Unmöglich«, sagte der Philosoph im Brustton der Überzeugung.

»Wart's ab. Ich lenke ihre Aufmerksamkeit auf gewisse Details. Ich weise sie daraufhin, daß du eine krumme Nase hast (er führte die Hand an diesen Fortsatz), einen gelblichen Teint und Haare von unglaublicher Borstigkeit. Daß du zudem ein bißchen schief gewachsen bist. Zum guten Schluß erkläre ich ihr, daß sie sehr schön ist und daß ich es merkwürdig, um nicht zu sagen widernatürlich finde, daß eine so göttliche Frau die Küsse eines so wenig begehrenswerten Mannes erwidert.«

»Hoho!« schrie der Philosoph entrüstet. »Hast du dich mal selbst im Spiegel betrachtet?«

»Das tut hier nichts zur Sache«, erwiderte ich, »und ich meine das ganz ernst. Wenn du tatsächlich die Trennung willst, erlaubst du mir, Pomponnette zu sagen, daß sie wegen deiner chronischen Blähungen die erste Frau ist, der du dich zu nähern wagtest.«

»O nein!« schrie Peluque. »Also hör mal! Zum Beispiel... Nein, das nicht! Verdamme mich moralisch, falls du das für notwendig erachtest. Sag ihr, daß mein Vermögen, wenngleich bescheiden, höchst zweifelhaften Ursprungs ist. Sag ihr, daß die Polizei mich für einen Gangster erster Güte hält. Aber beleidige mich nicht, wage nicht zu behaupten, daß meine Nase keineswegs griechisch ist und daß sich mein Körper in mehr als einem Punkt von dem des Diskuswerfers unterscheidet.«

»Ja dann«, erwiderte ich, »wird es keine Trennung geben. Ein Gangster gefällt fast immer, ein verwachsener Mann nie. Eine Frau, die sich in einen attraktiven Zuchthäusler verliebt, würde einen ehrbaren Buchhalter mit Mundgeruch angewidert von sich weisen.«

»Hör zu«, sagte Peluque nach kurzem Nachdenken, »ich mache dir einen anderen Vorschlag. Wir gehen gemeinsam zu ihr. Ich sage ihr, daß ich sehr krank bin und daß diese verzehrende Leidenschaft die Ursache dafür ist. Und wir erklären ihr, daß ich sie verlassen muß, weil ich sie zu sehr liebe.

Dann verabschieden wir uns. Du vergißt deinen Spazierstock bei ihr. Deshalb steigst du ein paar Minuten später erneut hinauf, um ihn zu holen. Schonend sagst du ihr die Wahrheit: daß ich sie belogen habe, daß ich eine andere liebe. Sie weint. Wo? An deiner Schulter. Sie wird dein sein.«

»Wenn dieses Mädchen dich auch nur ein kleines bißchen liebt, wird sie niemals bereit sein...«

»Sie liebt mich, und eben deshalb wird sie dich lieben. Du vermittelst ihr einen vagen Widerschein von mir. Und dann wird sie weinen. Solltest du mit achtzehn noch nicht wissen, daß eine weinende Frau der Willkür des Erstbesten ausgeliefert ist? Vielerlei Gründe werden sie in deine Arme werfen! Tränenerschöpft, nach Rache dürstend, überträgt sie den Rest von Zärtlichkeit für den flatterhaften Geliebten auf den Freund... Und schließlich bist du auch nicht übel!«

»Das Problem hat zwei Seiten«, sagte ich. »Du fragst mich gar nicht, ob ich Lust habe, sie zu trösten. Würde sie mir überhaupt gefallen?«

»Welche Frage!« schrie der Philosoph.

Blitzschnell öffnete er seine Brieftasche und zeigte mir eine Photographie.

»Schau sie dir an!« sagte er. »Diese wohlgeformten Ohren, dieser wollüstige Hals, diese bebende Nase, die das Objektiv nicht ganz zu immobilisieren vermochte...«

Einige Sekunden lang betrachtete ich das Bild. Die junge Frau war zweifellos begehrenswert; ich war achtzehn. Eine leichte Unruhe beschlich mich.

»Hat sie hübsche Waden?«

Mimisch drückte der Philosoph schmerzliches Erstaunen aus.

Dann, nachdem er die Sprache wiedergefunden hatte: »Du fragst mich, ob meine Geliebte hübsche Waden hat?«

Ich insistierte nicht weiter. Leicht verwirrt drehte ich das Photo um; ich sah, daß ein anderes Bild von hinten dagegen geklebt war. Es zeigte ein junges Mädchen von etwa siebzehn Jahren mit naiven Augen, keckem Mund und gleichmäßigen Zähnen.

»Das ist Lucie«, erklärte Peluque. »Ich habe sie aus Delikatesse und auch, um peinliches Durcheinander zu vermeiden, Rücken an Rücken geklebt. Mehrfach fand ich sie dicht an dicht, von Angesicht zu Angesicht in meiner Brieftasche und wie im Begriff, gefährliche Vertraulichkeiten über mich auszutauschen. Auf diese Weise, Rücken an Rücken, sind sie für immer voneinander getrennt.«

Ich lobte ihn für diesen Beweis von Takt. Dann erklärte ich sehr entschlossen: »Nun gut, abgemacht. Heute nachmittag um zwei gehen wir zu Pomponnette, und ich garantiere dir, die Sache wird schnell erledigt sein.«

Er steckte seine Pfeife in einen Lederbeutel und verstaute das Ding mit Müh und Not in seiner Hosentasche. Einen Augenblick schien er vor sich hin zu träumen.

»Na ja«, sagte er, »ich muß mich wohl entschließen... Ich gebe mich in deine Hände...«

Abrupt stand er auf.

6.

»Hallihallo!« rief er. »Da kommt Grasset!«

Tatsächlich erblickte ich nur wenige Schritte von uns entfernt den traurigen Poeten. Der breitkrempige Strohhut, ein kurzes schwarzes Alpakajackett und weiße Hosen verliehen ihm ein fröhliches, sommerliches Aussehen. Sein Gesicht hingegen war düster und nachdenklich. Sein Pessimismus hatte sich seit einiger Zeit verschlimmert, denn er war in ein Mädchen vom Konservatorium verliebt. Natürlich war dies keine junge, träumerische Liebe, sondern eine dunkle, verzehrende, tödliche Leidenschaft. Er hatte der Heißgeliebten erst kürzlich ein Werk gewidmet, das mit dem Vers begann:

Die Glocke klingt,
Es saust der Wind,
Und durch mein bebendes Herze
Rast ein Zwerg mit flackernder Kerze.

Er kam näher.

»Tag, meine Herren«, sagte er unheilschwanger.

»Tag, Grasset«, sagte Peluque mit barocken Grimassen. »Und die Glocke? Und der Zwerg?«

»Der Zwerg rast immer noch«, erwiderte der Dichter mit düsterem Lächeln. »Wie geht's, Panier?«

»Sehr gut«, sagte ich. »Aber du, wie geht's der Liebe?«

»Ach!« sagte er seufzend. »Sie ist wunderschön. Ich bin nicht so verrückt zu glauben, daß sie eine Kröte wie mich je eines Blickes würdigen wird.«

Er blickte uns herausfordernd an, als sei er bereit, den ersten, der ihm widersprach, niederzuknüppeln.

»Ich bin klein«, fuhr er fort, »mager, denke langsam, habe Segelohren…«

»Einen Rüssel...«, soufflierte Peluque.

Aber Grasset gedachte nicht, ihn anzuhören.

»Wie könnte sie mich lieben?«

»Du übertreibst«, sagte ich. »So übel bist du doch gar nicht.«

»Sehr richtig«, bestätigte der Philosoph, »es gibt Häßlichere als dich.«

»Und sie ist nicht so schön, wie du behauptest.«

»Sie ist sogar ziemlich mager«, kommentierte der Philosoph.

Der Dichter explodierte in Abscheu.

»Pfui!« schrie er. »Du glaubst ja gar nicht, wie tierisch ich dich finde.«

Aber Peluque packte ihn am Arm.

»Hör mal«, sagte er, »mach nicht soviel Lärm um nichts. Zwar ist der Aperitif schon getrunken, doch ist es erst elf (elegante Formulierung, für Aufsätze dringend empfohlen). Wir können uns in aller Ruhe über das literarische Leben informieren. Laßt uns Magazine lesen gehen.«

»Pah!« sagte Grasset, »weshalb denn?«

»Außerdem«, fügte ich hinzu, »hat der Bibliothekar was gegen mich, weil ich die Seiten ich weiß nicht mehr welches Poeten mit handschriftlichen Anmerkungen versehen habe.«

»Ich habe keineswegs vor, in die Bibliothek zu gehen«, rief der Philosoph. »Kommt...«

Wir folgten ihm, und bald betraten wir einen riesigen Hausflur, dessen Wände mit Emailleschildern übersät waren. Eines von ihnen verkündete, daß Monsieur Victor Barlaton, Zahnchirurg, allen seinen Kollegen in der Kunst, Zähne zu behandeln, zu ziehen oder zu ersetzen, überlegen sei. Und am Ende des Ganges bezeichnete eine beeindruckende Hand mit ausgestrecktem Zeigefinger den Weg, der zu diesem Künstler hinführte.

Ohne zu zögern nahm Peluque die Treppe in Angriff, und gleich darauf schellte er, unter so wechselnden wie lautlosen Grimassen, an der Tür, die eine Kupferplatte zierte.

Man hörte Schritte. Das Gesicht des Philosophen verzog sich brüsk; leidvolle Falten gruben sich in seine Stirn. Mit fiebriger Hand drückte er ein Taschentuch gegen seine Wange.

Ein kleines Hausmädchen öffnete uns, und wir betraten einen großen Raum, in dem sich bereits sieben oder acht Personen befanden, die auf unterschiedliche Weise von dem gleichen Leiden befallen schienen. Ein schwächlicher junger Mann mit weit geöffnetem Mund stopfte sich mit einer Nadel hastig eine kleine Wattekugel in seinen ausgehöhlten Zahn. Eine erregt wirkende junge Frau sondierte ihre Backentaschen mit Hilfe ihrer Zunge, die man zwischen Ohr und Kinn hin- und herrollen sah. Indessen spie ein

71

soignierter, korpulenter Herr in sein kariertes Taschentuch.

Peluque ließ sich auf einem Stuhl nieder und wies mir mit Besitzergeste einen anderen Platz an. Bequem in den Polstersesseln sitzend, waren wir sehr bald in die Lektüre versunken, denn auf dem Tisch lagen rund zwei Dutzend Zeitschriften, die Monsieur Barlaton für seine Patienten abonniert hatte. Briefpapier und Umschläge waren ebenfalls da. Der Philosoph begann zu schreiben.

Von Zeit zu Zeit öffnete der Zahnarzt die Tür und erleuchtete den Raum mit seinem einladenden Lächeln. Auf der Stelle erhob sich ein von nervösem Zittern befallenes Opfer. Monsieur Barlaton trat zurück, um ihm den Vortritt zu lassen, verbeugte sich und schloß die Tür mit einem zweiten Lächeln, das um eine Spur nachdenklicher war als das erste.

Allmählich sah ich den Moment nahen, in dem der Philosoph an der Reihe sein würde. Er sah ihn ebenfalls; doch statt ihn wahrzunehmen, ließ er höflich einer jungen Frau den Vortritt, die eben hereingekommen war. Ich sah dies als Vorwand, eine galante Konversation anzuknüpfen. Doch zu meiner großen Überraschung setzte Peluque sich sogleich wieder hin, griff nach einem Blatt und begann zu schreiben.

Ich fragte ihn: »Warum läßt du dir diese Frau entgehen? Sie ist nicht übel!«

»Wenn du nur eine Sekunde nachdenkst, wirst du den Grund für meine Zurückhaltung begreifen. Seit ich hierherkomme, habe ich schon viele hübsche Frauen getroffen. Zu Anfang bestürmte ich sie alle, ohne Rücksicht auf Haarfarbe oder Alter. Aber die Lust verging mir schnell. – Zum einen sind Menschen, die unter Zahnschmerzen leiden, nicht zum Flirten aufgelegt. Zur Verdeutlichung möchte ich dir nur sagen, daß ich ein gutes halbes Dutzend Ohrfeigen eingesteckt habe. Zum anderen konnte ich mich in jenen Fällen, in denen meine Strategie erfolgreich war, davon überzeugen, daß ein mit Nelkenessenz oder Arseniksäure gewürzter Kuß nichts weniger als lustvoll ist.«

Er fuhr fort zu schreiben. Erneut erschien Monsieur Barlatons Gesicht in der halbgeöffneten Tür; mit seinem geheimnisvollen Lächeln zog er die junge Frau zu sich heran. Dieser Vorgang, der sich nun schon so oft wiederholt hatte, ließ mich an jenen berühmten Flötenspieler denken, der allein mit dem Zauber seines Liedes alle Kinder der unglücklichen Stadt Hameln in seinen Bann zog.

Jenseits der Wand begann von neuem der Bohrer zu surren. Die Atmosphäre bedrückte mich. Ganz hinten in meinem Mund bröckelte seit einigen Monaten ein Weisheitszahn ab. Ich verdankte ihm bereits eine Reihe scheußlicher Nächte. Doch ein bedauerlicher Mangel an Courage ließ mich den Zahnärzten, diesen leutseligen, habsüchtigen Menschenschindern, weit aus dem Wege gehen.

Die Nähe dieses Mannes, der künftige Qualen von mir abzuwenden vermochte, löste sehr zwiespältige Gefühle in mir aus: den Drang, davonzulaufen, der mich von Kopf bis Fuß durchbebte, und das vernünftige Bedürfnis, diese kleine, schon zu lange aufgeschobene Operation über mich ergehen zu lassen.

Ich überlegte mir: So furchtbar kann das gar nicht sein. Peluque schreibt seelenruhig, dieweil er darauf wartet, daß er an die Reihe kommt. Dieser Barlaton hat ihm vielleicht schon ein paar Backenzähne gezogen. Er ist nicht daran gestorben, und jetzt ist er vom Schmerz erlöst... Ich werde ihn nach seinen Eindrücken befragen.

Ich wandte mich dem Philosophen zu, der eine Epistel an seine Lucie verfaßte.

»Hast du Zahnschmerzen?«

Er hob nicht einmal den Kopf, während er mir gelassen antwortete: »Im Augenblick nicht.«

Ich sprach weiter: »Ach, ich müßte auch zum Zahnarzt gehen! Ich habe einen Weisheitszahn, der mich nachts fürchterlich quält.«

»Laß ihn dir ziehen.«

»Tut das sehr weh?«

»Nein. Man spürt überhaupt nichts.«

Er schrieb immer noch, ruhig und konzentriert.

»Ist er gut, dieser Zahnarzt?«

»Das weiß ich nicht«, sagte er und trocknete die Seite mit weichem Löschpapier.

»Wie bitte? Du weißt es nicht? Du mußt doch wissen, ob du zufrieden mit ihm bist!«

»Oh! Ich bin sehr mit ihm zufrieden. Hervorragendes Briefpapier. Das Hausmädchen ist untadelig.«

»Kommst du schon lange her?«

»Vier Monate.«

Er schrieb weiter.

»Und nach viermonatiger Behandlung«, rief ich, »bist du nicht imstande, ein Urteil über diesen Arzt abzugeben?«

»Na, du bist gut!« erwiderte er ungeduldig. »Ich habe ihn doch immer nur durch die Tür gesehen!«

Plötzlich ging mir ein Licht auf.

»Dann hast du also nie gewartet, bis du an die Reihe kamst?«

»Nie.«

Ich grinste verächtlich.

»Dummkopf!« sagte ich. »Du läßt allen Frauen den Vortritt und vertust hier sinnlos deine Zeit! Was hast du denn davon? Aber dein Verhalten erklärt sich wohl weniger aus Galanterie als aus Feigheit.«

Er brach in ein höchst seltsames Gelächter aus.

Monsieur Barlaton öffnete die Tür, die letzte Patientin verschwand dahinter. Wir drei blieben allein. Grasset las den *Mercure*. Peluque stand auf.

»Und du hast noch immer nicht begriffen«, rief er verächtlich, »daß ich überhaupt keine Zahnschmerzen habe! Siehst du denn nicht, daß ich hier meine Korrespondenz erledige und mich über das literarische Geschehen informiere? Es versteht sich wohl von selbst, daß ich keinen Gebrauch davon mache, wenn ich an die Reihe komme!«

Grasset schien beunruhigt.

»Und wenn keiner mehr da ist?« fragte er mit weit aufgerissenen Augen.

»Wenn keiner mehr da ist, mache ich mich aus dem Staub!«

Ich stand auf. Mit einem Satz war ich an der Tür. Sie öffnete sich abrupt; ein Offizier trat ein.

Peluques Gesichtsausdruck wechselte: Mit strahlendem Lächeln schüttelte er ihm kräftig die Hand.

Der andere trat einen Schritt zurück und rief: »Na so was! Das ist ja Louis-Irénée!«

»Ja«, sagte der Philosoph. »Ich bin es höchstpersönlich, Monsieur Ledru!«

»Und was tun Sie hier?«

»Ja, sehen Sie«, sagte Peluque, »ich habe meinen Cousin begleitet, der sich einen Zahn ziehen lassen wollte.«

Bei diesen Worten deutete er auf mich. Ich fragte mich ernstlich, ob er noch bei Verstand sei.

»Erlauben Sie, daß ich ihn Ihnen vorstelle. Er studiert Medizin, kommt aus bester Familie, aber ich muß gestehen, er ist sehr beeindruckbar.«

Der Kapitän sah mich scheel an. Grasset war verblüfft.

»Wollen Sie damit sagen, er hat Angst?« fragte der Kapitän mit Donnerstimme.

»Stellen Sie sich vor, Schwiegervater, er litt unter entsetzlichem Zahnweh. Er fleht mich an, ihn zu einem Zahnarzt zu bringen. Ich führe ihn hierher, und plötzlich sind die Schmerzen fort! Da sehen Sie, was Angst bewirken kann. Du brauchst dich nicht zu schämen«, fügte er an meine Adresse gerichtet hinzu. »Du bist nicht der erste, dem das passiert! Man zitiert dieses Beispiel in Psychologievorlesungen!«

»Was reden Sie da von Psychologie!« rief der Kapitän und trocknete sich die Stirn. »Wozu soll das gut sein? Ich plädiere dafür, alle Intellektuellen, Schreiberlinge und Philosophieakrobaten auf einem öffentlichen Platz anzuklagen und für den Rest ihrer Tage ins Gefängnis zu stecken!«

Schnaubend setzte er sich nieder, und ich konnte ihn nun aus der Nähe betrachten. Er war ziemlich klein, aber sehr dickbäuchig. Auf seinen kurzen, dünnen Beinen wirkte er wie ein Apfel auf zwei

Zahnstochern. Sein Gesicht war fleischig und geröttet; seine dicke, rote Nase war von tausend kleinen Löchern punktiert.

Er blickte mich an mit seinen trüben Augen, unter denen die überschüssige Haut vielfache Taschen bildete. Mit leicht erstickter Stimme – da ihn sein Kragen würgte – sagte er: »Zahnschmerzen! In Ihrem Alter habe ich Murmeln geknackt! Schön und gut, das kann in der Familie liegen. Aber apropos«, kam es ihm abrupt, »das ist also Ihr Cousin?«

Er musterte mich vom Kopf bis zu den Füßen.

»So ist es!« sagte Peluque.

»Und er ist der Sohn des Fabrikbesitzers?«

»Nein!« erwiderte der Philosoph, ohne aus dem Konzept zu geraten. »Er ist sein Neffe, wie ich.«

»Ja natürlich!« bemerkte der Kapitän. »Da er Corbeille heißt, kann er nicht der Sohn von Monsieur Legrand sein.«

Ich war schockiert, fand aber noch die Kraft zu sagen: »Ich heiße nicht Corbeille. Ich heiße Panier.«*

»Na was denn!« sagte der Kapitän jovial und als verziehe er mir, daß ich nicht Corbeille hieß. »Das macht doch nichts, junger Freund. Da ist doch nichts Schlimmes dabei, ich sehe es Ihnen nach. Aber«, sagte er, sich wieder Peluque zuwendend, »dann erbt

---

* Beide Wörter bedeuten im Französischen »Korb«. Anm. d. Übers.

er also beim Tod Ihres Onkels die Hälfte der Fabrik?«

»Nicht die Hälfte«, sagte der Philosoph, »er ist nur entfernt verwandt. Ein Viertel oder ein Achtel!«

»Ein Achtel!« sagte der Kapitän. »Hoho, das sind immer noch rund zweihunderttausend Francs!«

Ich war sprachlos und wütend. Die Frage, die folgte, brachte mich endgültig aus der Fassung. »Kennen Sie die Fabrik?« forschte der Kapitän, dieweil er sich mit dem Taschentuch Luft zufächelte.

»Und ob er sie kennt!« rief der Philosoph. »In unserer Kindheit haben wir dort oft gespielt! Was, Jacques? Erinnerst du dich, wie wir hinter den Steinöfen Versteck gespielt haben? Und an den alten Werkmeister, der immer Angst hatte, uns könnte zwischen den Säure-Rinnen ein Unglück zustoßen?«

»Damit hatte er recht!« bekräftigte der Schwiegervater. »Das war tatsächlich sehr gefährlich!«

Grasset grinste. Mich überkam der plötzliche Drang, dem Mann die Wahrheit zu sagen. Dann dachte ich an den Skandal und daß er ohnehin bald die Wahrheit erfahren würde. Ich schwieg.

»Eines Tages«, sagte Peluque, mit dem Finger auf mich deutend, »als er gerade Blausäure trinken wollte, habe ich ihm das Leben gerettet!«

»Dummkopf!« brüllte der Kapitän mit einem Blick voll Verachtung.

Grasset erstickte fast an seinem unterdrückten Lachen. Ich fühlte mich beleidigt und schrie nun meinerseits: »Hast du vergessen, wie du in das Kühlbecken vom Destillierapparat gefallen bist? Du wolltest auf dem Rand balancieren. Zum Glück hatte man gerade das Wasser gewechselt. Sonst hättest du wie ein Hummer darin gekocht!«

»Ah! Verfluchte Rotznase!« wetterte der Kapitän.

»Du mußt dich irren!« sagte der Philosoph mit schöner Ernsthaftigkeit. »Ich kann mich nicht daran erinnern... Nicht im geringsten!«

»Na hör mal! Du weißt doch noch? Das rote Kühlbecken? Gleich links hinter der Tür? Dessen Hahn sich so schwer öffnen ließ?«

»Man darf Kinder nie unbeaufsichtigt lassen«, erklärte der Schwiegervater. »Nie!«

Monsieur Barlatons Gesicht tauchte auf; der Kapitän erhob sich. In einem Ton, der keinen Widerspruch duldete, sagte er: »Ihr habt Zeit. Ich geh zuerst!«

Er drückte uns die Hand und verschwand im Behandlungszimmer.

Umgehend baute ich mich vor dem Philosophen auf. Mit stiller Wut packte ich ihn bei den Schultern und fixierte ihn mit durchbohrendem Blick.

»Na hör mal!« sagte ich. »Hast du den Verstand verloren?«

»Nein, das weißt du genau!«

»Was soll dann diese Komödie? Warum erzählst du diesem fetten Vollidioten, ich hätte Angst vorm Zahnarzt?«

»Ich habe überhört, daß du in meiner Gegenwart ein Mitglied meiner Familie beleidigt hast, und antworte dir nur: Ich habe es gesagt, weil es die Wahrheit ist. Du hast Angst vorm Zahnarzt.«

»Und warum gibst du mich als deinen Cousin aus?«

»Um mich in ein besseres Licht zu setzen«, sagte er simpel. »Ich habe niemanden außer meiner Mutter auf der Welt, und ich wage es nicht, sie vorzuzeigen. Der Kapitän hat stets nur mich allein gesehen. Das ist verdächtig. Man heiratet nicht gerne eine alleinstehende Person. Man heiratet eine Familie. Er hat jetzt zum ersten Mal einen meiner Verwandten kennengelernt. Wenn du mir das vorwirfst, bist du wirklich herzlos!«

Ich rief: »Wenn dir das irgendwas nützt, erkläre ich mich gerne einverstanden! Aber was erhoffst du dir von diesem albernen Märchen? Warum erfindest du solch eine idiotische Geschichte?«

»Du selbst hast mir erklärt, daß reiche Leute keine armen Leute heiraten. Dein Scharfsinn hat dich nicht getäuscht. Ich besitze nichts, deshalb habe ich mir eine Erbschaft zugelegt.«

Seine Widersprüchlichkeit war so verblüffend, daß mir Zweifel kamen. Vielleicht existierte die Fabrik ja wirklich. »Ist auch nur ein wahres Wort an dem, was du erzählt hast?«

»Wer weiß?« sagte er.

»Was soll das heißen? Wer weiß?«

»Ehrlich gesagt habe ich mir den Onkel und seine Fabrik aus den Fingern gesogen. Aber es gibt manchmal seltsame Zufälle im Leben! Man kann nie wissen.«

Mir sackten die Arme herab.

»Was für eine lächerliche Komödie!« schrie ich. »Unglückseliger Schwachkopf! Dir ist doch klar, daß er Informationen über dich einholen wird?«

»Du hast ihm doch bereits welche gegeben.«

»Ich? Ich habe diese idiotische Farce mitgespielt! Dieser Mann wird früher oder später die Wahrheit erfahren. Wie stehe ich vor ihm da (ich schüttelte Peluques Arm), wenn ich ihm begegne?«

»Und ich erst!« sagte er schlicht. »Und außerdem«, erklärte er mit plötzlicher Lebhaftigkeit, »existiert sie, die Fabrik! Sie existiert, denn wir reden ja darüber! Sie existiert mit einer Menge präziser Details, die sie noch realer machen! Du selbst hast gerade mit spontaner Bereitwilligkeit ein Kühlbecken hineingestellt, das ich noch gar nicht bemerkt hatte. Was wirfst du mir eigentlich vor? Hätte irgendein tüchtiger Verwandter von mir tatsächlich diese Fabrik gegründet, würdest du mir größte Hochachtung erweisen. Und welches Verdienst hätte ich daran? Nun, da ich sie in allen Einzelheiten selbst erschaffen habe, da ich diesem Onkel Existenz und Namen verliehen habe, überschüttest du mich mit ungerechten Beschimpfungen. Mit anderen Worten: Du wirfst mir vor, das Geschöpf meiner eigenen Werke zu sein.«

»Mein lieber Freund«, sagte ich in aller Ruhe, »du hast wahrhaftig auf alles und jedes einen dummen Witz parat. Ich weiß nicht, ob du dich über mich, den Kapitän, dich selbst oder die ganze Welt lustig machst. Ganz wie du willst. Du bist Herr deiner Entscheidungen. Aber nimm dich in acht, die Tatsache, daß du verrückt bist, erspart dir keineswegs die Konsequenzen. Was mich angeht, so wiederhole ich dir, daß ich nie mehr, unter gar keinen Umständen...«

Ich drehte mich um, da ich den schweigsamen Grasset zum Zeugen anrufen wollte – er war nicht mehr da. Sein Verschwinden erinnerte mich plötzlich daran, daß ich mich bei einem Zahnarzt befand. Die Tür öffnete sich, und Monsieur Barlaton erschien.

Er verneigte sich und setzte sein magnetisches Lächeln auf. Doch er lächelte vergebens. Ich studierte mit geheucheltem Interesse einen unsäglichen Farbdruck, während Peluque einen Gardinenzipfel anhob

und einem imaginären Passanten Zeichen über-
schwenglicher Freundschaft gab.

»Wer von den Herren ist zuerst an der Reihe?«
fragte Monsieur Barlaton. »Monsieur Panier?«

Meine Knie gaben nach. »Der bin ich«, sagte ich.

»Monsieur Ledru hat mir soeben Ihren Fall ge-
schildert«, sagte der Zahnkünstler. »Er ist überaus
verbreitet. Kommen Sie, Monsieur, nur Mut!«

Ich wußte nicht, was ich sagen sollte.

»Sie fürchten sich vor diesem Eingriff; doch er ist
unerläßlich! Und obendrein völlig schmerzlos!«

»Monsieur«, sagte ich, »ich versichere Ihnen, als
ich diesen Raum betrat...«

»Ich weiß«, sagte Monsieur Barlaton lächelnd.
»Ich weiß. Als Sie herkamen, waren Sie fest entschlossen, und jetzt haben Sie Angst.«

Peluque sagte freundschaftlich: »Gerade noch hat
er über einen Weisheitszahn geklagt.«

»Einen Weisheitszahn!« rief Barlaton, die Hände
gen Himmel hebend. »Ich wette, im Oberkiefer?«

»Ja!« sagte ich entschlossen. »Aber ich kann ihn
mir nicht ziehen lassen.«

»Warum glauben Sie, ich wollte ihn unbedingt ziehen? Im übrigen haben wir jetzt neue Spritzen, die
jeglichen Schmerz betäuben. Eine Ampulle Endor-
mol, und die Sache ist erledigt! Aber da Sie dagegen
sind, werden wir ihn lediglich untersuchen...«

Er insistierte lange. Da ich einige Selbstachtung besitze, werde ich hier nicht erzählen, wie er mich davon überzeugte, daß dieser Zahn mir Karies einbringen würde, flankiert von einer Phlegmone, gefolgt von schwerer Kieferentzündung, verschlimmert durch teilweise Erweichung der Schädelknochen, endlich gekrönt von totaler Zersetzung in der Finsternis des Sarges.

Ich vergaß Peluque; ich folgte dem schrecklichen Barlaton bis hin zu seinem diabolischen Stuhl.

Um meine Aufmerksamkeit abzulenken, redete der Schinder pausenlos. Während er das Gift in seine kleine Spritze füllte, erklärte er mir die Funktion der Linotype. Sodann verglich er die Boxkämpfe mit römischen Zirkusspielen und durchbohrte mir dabei das Zahnfleisch. Während die Spritze zu wirken begann, erzählte er mir eine schlüpfrige Geschichte, über die er sich halb totlachte. All das mit größter Geschwindigkeit und der Miene eines Menschen, den sein Thema über die Maßen interessiert. Doch ich vernahm nur ein fernes Gemurmel und krepierte buchstäblich vor feiger Angst. Eine grimmige Wut auf den gemeinen Peluque stieg in mir auf. Ich beschloß, ihn öffentlich zu ohrfeigen. Im Anschluß würde ich zum Kapitän gehen und die Wahrheit herausschreien. Mein Haß wie meine Angst steigerten sich mit jeder Sekunde.

Plötzlich ergriff der schreckliche Barlaton eine Zahnzange mit furchterregend gekrümmtem Griff. Er sprang auf eine geheimnisvolle Pedale, kippte den Sitz nach hinten, und dieweil er die Maske des Gesprächspartners fallen ließ, öffnete er mir unter schrecklichen Grimassen den Mund.

Mein Entsetzen war so groß, daß ich nicht einmal zu schreien vermochte. Ich schloß die Augen. Als ich sie wieder öffnete, sah ich am Ende der Zange ein rötlich gefärbtes Knöchelchen. Monsieur Barlaton hielt mir ein Glas entgegen, das exquisit duftete. Die Welt sah plötzlich ganz anders aus; ich war erlöst.

Tüchtiger Barlaton! Wie geschickt und sympathisch und blond er war! Diese angenehmen Züge! Dieses freundschaftliche Lächeln! Die schöne Zange auf dem Schwenktisch funkelte im Glanz ihres Nikkels: Ich bewunderte ihre kunstvolle Krümmung, die ihr einen sehr zuverlässigen Anstrich gab. Der gastliche, einladende Schwenkstuhl schnellte wieder in seine Ausgangsposition zurück. Ich lächelte. Ich plauderte. Ich zahlte. Ich ging.

Peluque befand sich nicht mehr im Wartezimmer. Guter Peluque! Ich war ihm Dank schuldig; ohne ihn wäre ich nicht hierhergekommen. Zwar war mir, als hätte ich schon seit langem geplant, mich dieser harmlosen Operation zu unterziehen. Aber immerhin hatte er mir die Gelegenheit dazu verschafft.

Ich fand ihn draußen auf der Plaine. Er saß auf einer Bank neben Grasset und überwachte die Haustür. Als er mich sah, lachte er und sagte: »Na, wie hast du dich aus der Affäre gezogen?«

»Hervorragend«, sagte ich lässig. »Wenn man sich einen Zahn ziehen läßt, gibt es keine zwei Möglichkeiten!«

»Er hat dir deinen Zahn gezogen?«

»Was ist daran so ungewöhnlich? Ich bin ihn los, und ich habe nichts gespürt.«

Zum Beweis spie ich rötliche Spucke. Peluque betrachtete mich mit leichter Bewunderung.

»Doch lassen wir das«, sagte ich. »Weißt du, daß dein Schwiegervater mir wie ein gewaltiger Kretin vorkommt?«

»Da wären wir also wieder beim Thema!« sagte er. »Du bist bloß beleidigt, weil er dich Corbeille genannt hat. Hör auf, mir das vorzuwerfen; ich habe dich korrekt vorgestellt. Was kann ich dafür, daß dieser Mann kein Namensgedächtnis hat und daß eine zufällige Assoziation...«

»Falls ich ihn noch mal treffe, werde ich ihn ignorieren. Wenn er insistiert, sage ich ihm brutal die Wahrheit ins Gesicht und daß er ein Vollidiot ist.«

»Ich stelle fest«, sagte der Philosoph sanft, »du hast einen schlechten Charakter. Das habe ich im übrigen schon immer vermutet.«

Er zog seine Uhr aus der Tasche, die nur einen Zeiger, nämlich den für die Minuten, hatte.

»Es ist Viertel nach zwölf«, sagte er mit Bestimmtheit. »Ich muß gehen, meine Mutter ist äußerst empfindlich, was die Essenszeiten angeht. Jacques, gegen eins wird deine Wut verraucht sein. Rendezvous um halb zwei bei Hippolyte. Wir werden uns dann zwecks definitiver Trennung mutig zu Pomponnette begeben.« Er wandte uns den Rücken zu und ging die Rue Bergère hinab.

Ich blieb noch einige Minuten bei Grasset.

»Er ist verrückt«, sagte ich. »Er ist auf eine ganz gefährliche Weise verrückt. Wie soll diese Geschichte enden? Mit einem Faustkampf zwischen dem schwachsinnigen Schwiegervater und dem hochstapelnden Schwiegersohn?«

»Ach was!« sagte Grasset. »Er wird schon heil da herauskommen. Seine Verrücktheit hat etwas Teuflisches, Fröhliches und im Grunde sehr Beneidenswertes. Er lacht immer. Wie macht er das bloß?«

»Er sendet einen nervösen Reflex in den großen Jochbogen. Tu's ihm nach, und du lachst genauso gut wie er.«

Der Poet sah mich eine Weile an. Dann legte er mit über die Maßen verzweifelter Miene seine Hand in die meine. Sie war schwer und kalt und ließ mich an einen toten Fisch denken.

»Das ganze Leben«, sagte er, »ist eine gewaltige Posse. Die Freunde reißen böse Witze. Glücklicherweise sind wir nicht unsterblich!« Mit diesen unzusammenhängenden Worten entschwand er in Richtung Rue Saint-Savournin.

7.

Es war halb zwei. Ich erwartete Peluque in Hippolytes kleinem Café. Der döste hinter der Theke, denn die Habgier ließ ihn früh aufstehen und spät zu Bett gehen.

Ich war sehr elegant gekleidet: dunkelblaues Jakkett, Hose aus weißem Flanell, üppig mit Lackleder verzierte Stiefel. In der Hosentasche trug ich makellose Handschuhe, die sich perfekt an meine Hände schmiegten.

Ich war rasiert, gepudert, gekämmt, parfümiert, vollauf bereit, die Schneiderin zu trösten... Ich hatte auch meinen Spazierstock mit dem Silberknauf, den guten Vorwand, nicht vergessen.

Das Photo, das der Philosoph mir am Morgen gezeigt hatte, schwebte noch vor meinen Augen. Nein, sie war wirklich nicht übel...

Indessen unterhielt mich Grasset, auf der Polsterbank neben mir sitzend, mit halblauter Stimme.

»Die Mikroben«, sagte er, »wimmeln nur so um uns herum. Es sind so unendlich viele, daß allein der Gedanke daran mir Angst und Schrecken einjagt. Meine Netzhaut ist nicht sensibel genug, deshalb kann ich das Heer dieser gekrümmten Tierchen nicht sehen, das mit jedem Atemzug in deine Nasenlöcher drängt. Nach Metschnikow gedeihen just in diesem Augenblick riesige Kolonien davon in deinen Eingeweiden.«

»Pfui!« erklang die Stimme von Peluque, und er kam leichten Schritts herein. »Pfui!«

»Mein armer Freund!« grinste Grasset und musterte den Philosophen. »Auch du hast Eingeweide! Du bist kein Gott!«

»Wäre ich ein Gott«, sagte Peluque freundlich, »befände ich mich dann in diesem Café? Trüge ich Lackschuhe? Rauchte ich eine Ropp-Pfeife? Gewiß nicht.«

Hippolyte brachte uns indessen drei dampfende Tassen.

Einen Moment darauf ergriff Grasset wieder das Wort. »Peluque«, sagte er, »du bist abgemagert!«

»Zum Teufel mit der Eitelkeit!« rief der Philosoph. »Ich freu mich, wenn ich abgenommen habe. Magere Menschen laufen leichter.«

»Magere Menschen bekommen Tuberkulose«, sagte Grasset, »falls sie nicht an Blutarmut sterben.«

Aber Peluque zuckte nur die Schultern und rief abrupt, auf Veaubraisé deutend, der gerade hereinkam: »Und was sagt ihr ihm dann, wenn er mal wieder vorbeikommt?«

Dann stürzte er sich auf den Vicomte und schüttelte ihm beide Hände.

»Seid gegrüßt, Freunde!« sagte der Neuankömmling. »Seid gegrüßt, alle, die ihr da seid!« Er ging auf die Vierzig zu, war ziemlich groß, hatte eine Halbglatze, ein fast rosiges Gesicht und weder Kinn- noch Schnurrbart. Seine Wangen waren von tiefen Falten durchfurcht, aber seine blauen Augen lachten unablässig.

Der Vicomte de Veaubraisé war außerordentlich reich, und er bewohnte ein sehr schönes Haus an der Plaine; trotzdem verkehrte er fast nur mit Studenten. Wir trafen ihn regelmäßig bei Hippolyte oder in den Wandelgängen der Konzertcafés. Er rühmte sich, das Leben in vollen Zügen gekostet zu haben. Er interessierte sich für Malerei, Bildhauerei, Musik, okkulte Wissenschaften, Geographie und Pornographie; deswegen sagte man ihm nach, er sei eklektisch.

Im übrigen ziemlich undurchschaubar; ich erinnere mich an ihn als an einen vornehm gekleideten Mann, der seine ringgeschmückten Hände auf den

Goldknauf eines schwarzen Stockes stützte, einen Mann mit Flötenstimme, der so alt war wie mein Vater und mit dem ich mich duzte.

Er setzte sich zu uns in seinem eleganten Rock, der dem simplen kleinen Café hohnsprach. Die verwunderten Spiegelscheiben warfen sein Bild gleich vielfach zurück.

»Allzu lange haben wir uns nicht gesehen«, sagte er und zog seine Handschuhe aus. »Ich genieße die Minute, die uns hier vereint.«

»Ach ja«, sagte Peluque im Brustton der Überzeugung, »ich genieße sie auch, ich wollte, diese Minute hätte die Form eines vernickelten Trapezes. Ich würde darin auf immer und ewig über dem Fluß der Zeit schaukeln! Aber erzähl, wie geht's dir?«

»Oh«, sagte der Vicomte, »ich werde heiraten. Sie ist bezaubernd! Arme hat sie! Ellenbogen hat sie! Ach Panier! Du müßtest die unschuldige Rundung ihrer Ellenbogen sehen! Und ihre Augen! Augen hat sie! Ich habe ein Sonett auf ihre Augen gemacht! Ich lese es dir vor, wenn du erlaubst...«

Bei diesen Worten wühlte er in seinen Taschen.

»Moment!« sagte Peluque. »Du wirst uns hier nicht dein Manuskript antun. Übliche Autorenschwäche in der Phase der Entstehung... Nein, nein. Außerdem sind wir in Eile. Ich muß mich heute nachmittag von einer kleinen Freundin trennen, die... Entschuldige das Gestotter einer verstörten Seele. Der hier anwesende Panier wird die Amputation vornehmen; er wird das Skalpell der Vernunft ansetzen; er wird den Abszeß der Leidenschaft ausmerzen; er wird die Wunde mit der Scharpie der Freundschaft verbinden. Vicomte, Sie verstehen.« Er schüttelte ihm die Hand und entschwand.

»Panier«, sagte der Vicomte zu mir, »unser Freund tut gut daran, sich von einer solchen Kreatur zu trennen. Ich kenne sie nicht, aber ich weiß, er hat recht. Solche Frauen sind gefährlich. Laßt uns der Tugend huldigen, binden wir unser Leben an das eines ehrsamen jungen Mädchens...«

Er sprach noch eine Zeitlang so dahin. Aber genau in dem Augenblick, als Peluques Abwesenheit mich zu beunruhigen begann, sah ich, wie eine mit zwei Pferden bespannte Droschke vor dem Café anhielt.

Der Philosoph lehnte lässig in den makellos weißen Kissen. Ich verabschiedete mich vom Vicomte und stieg ein in das Gefährt, dieweil Peluque zum Kutscher sagte: »Wir umrunden einmal die Plaine, bevor wir in die Rue Marengo fahren.«

»Wie du willst«, antwortete der andere, »schließlich hast du mich für den Nachmittag bezahlt!« In leichtem Trab fuhr der Wagen an.

»Dieser Mann behauptet, du hättest ihn im voraus bezahlt«, sagte ich. »Hat der Halluzinationen?«

»Nicht im geringsten!« erwiderte der Philosoph.
»Ich habe ihn im voraus bezahlt, weil ich gerade noch
einen Zehn-Francs-Schein besaß. Das ist verrückt,
ich weiß. Aber ich muß schließlich bei Pomponette
wie ein richtiger Kranker vorfahren. Man soll niemals vor unerläßlichem Wahnsinn zurückschrek-
ken!«

Indessen drehten wir die Runde um die Plaine. Peluque grüßte würdevoll sein verdutztes Volk: die
Zeitungsverkäuferin, den Kommandanten des Tor-
pedobootes, die Besitzer der kleinen vertrauten Esel
und die großzügigen Ammen. Nachdem er seinen
Triumph voll ausgekostet hatte, gab er dem Kutscher
Pomponnettes Adresse. Eine Viertelstunde später
hielten wir vor dem Haus der Angebeteten.

»Sei stark!« sagte Peluque zu mir. »Panier, ich verlasse mich auf dich. Die Liebe könnte meine Kräfte
schwächen, und der Anblick dieses Geschöpfes,
das... nun, ja, mein Herz anrührt... Du verstehst.
Aber du, sei du mein Retter!«

Er löschte seine Pfeife und streckte sich mit dem
Hut über den Augen im Wagen aus. Indessen stieg
ich zur dritten Etage hoch. Das Haus roch modrig.
Die Mauern waren baufällig, die Stufen feucht. Ein
dichtes, fast greifbares Dunkel waberte durchs Trep-
penhaus.

Hinter der Tür hörte ich das Surren einer Nähmaschine und eine Stimme, die sehr angenehm sang. Ich klopfte; das Surren verstummte, die Stimme schwieg, die Tür ging auf.

Ich sah mich einem jungen Mädchen gegenüber, das eher klein war und nahezu rote Haare hatte. Ein durchschnittliches Gesicht: runde Nase, voller Mund, schwaches Kinn; aber ein üppiges, weißes Dekolleté, wohlgeformte Arme und eine ansehnliche Figur; sie trug als einzige Bekleidung einen ärmellosen Morgenrock, und ihre Füße in den Schlappen waren nackt.

Wegen ihrer vergnügten Augen und ihres einladenden Körpers gefiel sie mir über die Maßen.

»Louis-Irénée schickt mich«, sagte ich.

»Kommen Sie herein, Monsieur, kommen Sie herein!« sagte sie mit einer sehr hübschen Stimme.

Der Raum war überaus hell, und durch das große Fenster sah ich das grüne Meer der Platanen.

In der Mitte des Zimmers ein runder Tisch, bedeckt mit Stofflappen, Bändern, Scheren, Garnspulen der verschiedensten Farben. Ein grün gestrichener Korbsessel, fünf oder sechs Stühle, von denen einer keine Rückenlehne hatte. Hinter einem Vorhang erahnte ich ein Bett. Auf dem Kamin bemerkte ich eine riesige Ansammlung von kleinen Sinnlosigkeiten: Porzellan-Elefanten, Scherzgegenstände, Blumenvasen mit künstlichen, stauberstickten Rosen, vergilbte Photos in geschnitzten Holzrahmen – das Ganze wirkte wie ein verwahrloster Trödelladen.

Da sie mir nicht anbot, mich hinzusetzen, tat ich es auf eigene Initiative.

»Ich bin hergekommen, Mademoiselle«, sagte ich in klagendem Ton, »um mich einer höchst unangenehmen Mission zu entledigen.«

Ein wenig beunruhigt sah sie mich an.

»Louis-Irénée ist ein sehr enger Freund von mir. Ich weiß alles von ihm, kenne selbst seine innigsten Herzensgeheimnisse. Mir ist deshalb bekannt, welche Gefühle sowohl auf der einen Seite... als auch auf der anderen... schon seit geraumer Zeit... Kurz und gut, ich glaube, ich drücke mich deutlich aus.«

Sie musterte mich fragend.

»Ich muß Ihnen mitteilen, Mademoiselle, und meine Mission ist mir wahrhaftig alles andere als angenehm, daß Louis-Irénée sehr schwer erkrankt ist.«

Ich hatte eine Trauermiene aufgesetzt; sie brach in ein vergnügtes Gelächter aus und ließ sich in den alten Sessel fallen.

»Na so ein Blödsinn!« sagte sie. »Das paßt zu ihm! Krank! Nun gehen Sie schon und sagen Sie ihm, er soll hereinkommen. Ich weiß genau, er ist dort hinter der Tür und hört unser Gespräch mit an.«

Gespielt entrüstet stand ich auf, lief zur Tür, öffnete sie weit. Um ehrlich zu sein, einen Augenblick fürchtete ich, ihn dort vorzufinden; aber er war so vernünftig gewesen, im Wagen zu bleiben.

Sie schien erstaunt.

»Mademoiselle«, sprach ich weiter, »glauben Sie mir, der Arzt hat ihn für sehr, sehr schwach befunden. Er hat ihm verboten, Sie zu sehen. Allein Ihre Gegenwart, die Erregung einer etwas lebhafteren Unterhaltung, die aufwühlende Leidenschaft, all das könnte ihn töten... Ich darf es Ihnen nicht verheimlichen: Er läuft Gefahr, auf der Stelle in diesem Sessel zu sterben, falls er noch ein einziges Mal hierherkommt.« Ich stellte ihr das Ganze so ausdrucksvoll dar, daß sie mit Gewißheit schon einen Kadaver vor sich im Korbstuhl sah.

»Aber wie ist das möglich?« fragte sie. »Er und krank? Vorgestern abend hat er sechzehn Halbe in der Brasserie getrunken! So schnell wird man doch nicht krank!«

Wortlos ergriff ich ihren Arm, führte sie zum Fenster und öffnete es mit einem Ruck; mit dem Finger deutete ich auf den Philosophen...

Durch die Platanen sah man ihn auf den schneeweißen Kissen. Die gekreuzten Arme, die traurigschlaffen Hände, sein zurückgeworfener Kopf sagten mehr als alle Worte. Die bei ihm so ungewohnte Reglosigkeit schnürte selbst mir das Herz zusammen. Pomponnette erbleichte.

»Mein Gott!« sagte sie. »Das hab ich nicht für möglich gehalten. Wie konnte denn nur ein solches Unglück passieren? Holen Sie ihn herauf. Beeilen Sie sich! Sie sehen doch, ich bin nicht angezogen! Und wenn ich ihm einen Aufguß mache?«

Sie sagte all dies mit so viel echtem Gefühl, daß ich mich beinahe schämte.

Ich stieg hinab, um Louis-Irénée zu holen. Satanisch blinzelte er mir zu. Auf meine Schulter gestützt überquerte er mit allen Anzeichen extremer Schwäche das Trottoir. Den Rücken gebeugt, eine Hand auf der Hüfte, die Knie gekrümmt, den Kopf gesenkt… Er fürchtete, Pomponnette könne am Fenster stehen.

Doch kaum war er im Hausflur angelangt, warf er seinen Hut in die Luft, der ihm mit dem Geräusch eines Tambourins auf den Kopf zurückfiel. Dann tat er einen schnellen Hüpfer und stieß, wenn ich das mal so ausdrücken darf, unter Grimassen einen stummen Schrei aus. Plötzlich hörte ich einen Schritt auf der Treppe; schlagartig und wie durch einen Zauber fiel er in die Haltung des Todkranken zurück.

Pomponnette kam ihm entgegen; fast mütterlich stützte sie ihn und überschüttete ihn mit Fragen. Aber er antwortete ihr nur mit klagendem Gemurmel und ging schweren Schritts die hölzernen Stufen hinauf.

Kaum eingetreten, ließ er sich mit halb geschlossenen Augen und schlaffem Mund in den Sessel sinken und berührte mit den Spitzen seiner träge herabhängenden Hände das Parkett.

Auf der Stelle und ungeachtet meiner Gegenwart geriet eine seltsame Komödie in Gang.

Die kleine Schneiderin kniete vor Peluque nieder und sagte: »Der kleine Apache ist krank? Nein, er ist nicht krank! Und er trinkt jetzt diesen guten Aufguß. Dann nimmt er das Stärkungsmittel, und er geht nie wieder ins Bistro! Nein, nie wieder!«

Eine seltsame Folge von Grimassen wanderte über das bewegte Gesicht des Philosophen. Zuerst verriet ein qualvolles Zucken heftige Schmerzen; dann entspannten sich seine Züge, und er zeigte ein Bild vollkommener Niedergeschlagenheit; dazwischen hob er ab und zu die Augen gen Himmel, schüttelte den Kopf und ließ den milden, resignierten Blick des Philosophen wandern, der mit dem Leben abgeschlossen hat.

Pomponnette hielt ihn indessen liebevoll umarmt, und Küsse begannen nun die Situation zu erschweren. Umsonst warf ich mich in Pose, bot mein Profil in wirkungsvollster Ansicht dar; vergebens neigte ich den Kopf und schob dabei die Hüfte vor. Sie würdigten mich keines Blickes. Ich schwöre es, diese beiden Verrückten kommunizierten übers Zahnfleisch, wenn nicht gar über die Mandeln.

Ich dachte an Peluques dringende Bitte; er hatte diese Niederlage vorausgeahnt. Er verließ sich darauf, daß ich die Gefahr von ihm abwenden würde... Getrieben vom Gefühl der Pflicht, dem sich eine obskure Eifersucht zugesellte, griff ich ein.

»Mademoiselle«, sagte ich, »ich habe mitangehört, was ihm der Arzt gesagt hat; er darf nie mehr hierherkommen. Dieses hübsche kleine Spiel ist Gift für ihn; und wenn keiner von euch beiden Vernunft besitzt, muß ich sie für euch haben.«

Pomponnette sah mich scheel an. Ich sprach weiter: »Sehen Sie nur diese Züge! Er ist kreidebleich, seine Augen sind eingefallen, seine Nase ist spitz, seine Lippen sind fahl, seine Ohren sind durchsichtig. Das hat die Leidenschaft aus ihm gemacht! Hüten Sie sich, Ihr Werk zu vollenden!«

Da ich sah, daß sie sich unbehaglich fühlte, gedachte ich meinen Vorteil wahrzunehmen und fuhr fort: »Sehen Sie sich nur dieses Gesicht an! Aber sehen Sie sich doch nur sein Gesicht an!« Das war nur eine geringfügige Variation; doch hielt ich meine Vorhaltungen für äußerst wirkungsvoll.

»Aber sehen Sie nur diese Pfeife!« schrie sie. »Wer so krank ist, raucht nicht! Pompon, du bist ein gemeiner Lügner!«

Pompon beschränkte sich darauf, betrübt mit dem Kopf zu wackeln und auf das Parkett zu stieren. Aber ich bemerkte, daß er innerlich vor Lachen fast erstickte. Ich versuchte, die Situation zu retten.

»Das ist reine Gewohnheit!« sagte ich. »Er findet keinen Geschmack mehr am Rauchen. Hin und wieder schnuppert er daran und erinnert sich der kraftvollen Tage, als er noch lange Züge daraus nahm...«

»Wie bitte?« sagte sie. »Wollt ihr mich für dumm verkaufen? Fassen Sie die Pfeife mal an! Sie ist noch warm!«

Ich war äußerst verlegen. Aber Peluque zeigte sich der Lage gewachsen. Verzweifelt schüttelte er den Kopf, und von seinen schlaffen Lippen tropften die Worte: »Das Fieber... das ist das Fieber...«

Ich sah ihn an, leider! Er brach in Gelächter aus, und ich wußte, nun war alles verloren.

Doch nun offenbarte mir der Philosoph sein ganzes Genie. Die Szene, die nun folgte, ist mit Worten kaum darzustellen; die Beschreibung, die ich davon zu geben versuche, muß notgedrungen weit hinter dieser irrwitzigen Komödie zurückbleiben.

Peluque brach sein Lachen abrupt ab und zog sich wieder den Hut über die Augen. Dann sagte er mit dumpfer Stimme: »Pomponnette, du bringst mich zum Lachen, selbst wenn mir überhaupt nicht danach zumute ist. Du bist wie alle Frauen! Du hast kein Herz. Du willst, daß ich sterbe, ich weiß es. Du wirst tanzen auf meinem Grab, und du wirst Blumen aus meinen Kränzen für das Knopfloch deines Geliebten stehlen... Du brauchst nicht mehr lange zu warten, du wirst sehen!

Eines Morgens wird Panier zu dir kommen... Er wird traurig, er wird verzweifelt sein, denn er liebt mich. Er wird nur mit Mühe die Tränen zurückhalten. Er wird sich auf den Sessel dort vor dem Kamin setzen, und unterbrochen von Schluchzern wird er zu dir sagen: ›Er ist nicht mehr. Bis zum Augenblick seines Todes hatte er Ihren Namen auf den Lippen. Noch mit letzter Kraft hauchte er: Pomponnette...‹ Und da du im Grunde kein schlechtes Mädchen bist wirst du ein wenig traurig sein, wie neulich, als du deinen Hund verloren hast...«

Pomponnette lachte nicht mehr. Sie erblaßte zusehends, denn Peluque sprach mit Grabesstimme, mit langsamen Gesten und mit unsäglich mildem Blick.

»Vor meiner Tür wird man schwarze Tücher aufhängen, jene unvermeidlichen Tücher... Oben, in der Mitte, meine Initialen: I.P., wie hier in meinem Hut. (Er zeigte das Innere seiner Kreissäge.)

Vielleicht kommst du und trägst dich in die Kondolenzliste ein, die hinten im Flur ausliegt... Es werden nicht viele Leute dasein, denn ich bin nur der kleinste und bescheidenste unter den Philosophen... Und da sind auch schon die Sargträger! Mein Gott! Wie blitzblank ihre Schuhe sind! Einer von ihnen raucht eine italienische Zigarre. Wenn sie mich bloß nicht auf der Treppe fallen lassen! Nein!« schrie er plötzlich mit herzzerreißender Stimme. »Ich will nicht, daß sie mich forttragen! Ich will nicht!«

Er rang die Hände. Sein halluzinierender Blick, seine fremd klingende Stimme verliehen der Szene beklemmende Realität. Pomponnette stieß einen lauten Schrei des Entsetzens aus und umklammerte ihn.

»Nein, das ist nicht wahr! Das ist nicht wahr!«

Er stieß sie heftig von sich, fiel in den Sessel zurück und sprach weiter: »Da ist der Friedhof... Da sind die prächtigen Grabmonumente, die stolzen Epitaphe. Der Zug zieht daran vorbei. Er wendet sich den Armengräbern zu... Er ist angekommen. Angekommen vor einer klaffenden Grube. Mein Grab! Es ist tief, in der roten Erde. Man läßt den Sarg an Seilen hinab... Man hört Stöße, dumpfe Schläge...

Und da, plötzlich erklingt ein Ton, düster, gedämpft, fern! Das ist die erste Schaufel Erde... Der Priester flieht... Die schweren Schollen stürzen hinab, kollern übereinander, türmen sich... Peluque ist begraben... Sein Gesicht ist im Tode erstarrt... Und das Epitaph? Einfach und doch so wahr: ›Wanderer, der, der hier ruht, liebte nur eine einzige Frau, die ihn nicht wiederliebte.‹«

Pomponnette, deren Gesicht zu zucken anfing, brach bei diesen Worten in Tränen aus, unterbrochen von nervösen Schluchzern und unwiderstehlichem Schluckauf. Peluque machte sich den Augenblick zunutze, in dem sie ihr Gesicht zwischen den Händen verbarg, um mir diabolisch zuzuzwinkern, und mit ironischer, leidender Stimme sagte er: »Sie tut so, als weine sie!«

Zwar brachte uns diese Unterhaltung dem angestrebten Ziel in keiner Weise näher; denn schließlich ging es darum, die Liebe dieses Mädchens zum Erlöschen zu bringen und sie auf eine stille Trennung vorzubereiten. Aber ich dachte nicht daran zu protestieren. Wie Peluque verspürte ich einen seltsamen Genuß dabei, wie ihn jeder Mann verspürt, wenn er eine Frau mit einem begehrenswerten Körper weinen sieht: ein wildes, grausames Vergnügen, durchmischt von köstlichen Gewissensbissen.

Doch plötzlich erhob sich Pomponnette und zeigte uns ihr Gesicht; es war tränenüberströmt, und trotzdem lachte sie wie verrückt, aus vollem Herzen, ein irres Lachen, das noch von einigen Schluchzern unterbrochen wurde. »Wie albern ich bin!« sagte sie. »Ich weiß genau, du sagst nicht die Wahrheit. Ich weiß, du bist nicht krank. Aber so, wie du das erzählst, geht es mir furchtbar nahe... Du bist gemein, weißt du das! Aber trotzdem – so zu weinen ist schön. Das ist fast wie im Kino.«

Sie lächelte, trocknete ihre zarten Tränen und

sagte: »Du bist ein ganz gewaltiger Lügner. Ich begreif dich nicht. Apropos, habe ich dir schon gesagt, daß ich heirate?«

Peluque zuckte zusammen, blickte verdutzt, grinste.

»Apropos, hörst du, Panier? So ganz apropos! Ich liebe sie, ich krepiere daran vor ihren Augen, und sie! Apropos! Ich heirate!«

»Mein lieber Freund«, sagte Pomponnette, »du hast doch nicht im Ernst geglaubt, das könnte ewig so weitergehen. Du spazierst den ganzen Tag herum, und wenn du nach Hause kommst, setzt du dich an den gedeckten Tisch. Aber ich, ich arbeite von morgens bis abends, nähe Kleider für die feinen Madames und verdiene dabei mit Mühe und Not meinen Unterhalt! Ich will anständig bleiben. Ich will nicht auf den Strich gehen. Ich muß heiraten!«

Der Philosoph änderte seinen Gesichtsausdruck. Das Spiel war vorbei, und ich sah, er war jetzt wirklich wütend.

»Du hast also einen Idioten gefunden?« fragte er aggressiv.

»Viel Glück! Meine allerbesten Wünsche!«

»O Pompon, glaub mir, du hast kein Recht, dich aufzuregen. Was ich tue, ist nur natürlich! Dieser Mann ist kein Idiot. Er ist sehr reich.«

»Irgendein alter Lustmolch!« sagte Peluque. »Irgendein lüsterner Hochstapler, der dich glauben macht, er hätte Geld!«

»Er hat Häuser!« sagte Pomponnette stolz. »Er hat sieben Häuser in Marseille. Er hat mir ein Collier versprochen!«

»Aus Flaschenärschen!« sagte Peluque.

»Das ist nicht wahr! Er hat es mir gezeigt! Es hat seiner ersten Frau gehört, und das war eine sehr vornehme Dame.«

»Und es macht dir Spaß, die Nachfolge einer vornehmen Dame anzutreten?« fragte der Philosoph sarkastisch. »Aha! Er hatte eine vornehme Frau! Na, das wird sich nun ändern.«

Pomponnette wandte sich um und rief mich zum Zeugen an.

»Monsieur«, sagte sie, »wie finden Sie das? (Sie deutete auf Peluque.) Er hat kein Geld; er will nicht arbeiten; er will mich nicht heiraten. Er liebt mich nicht, denn er wollte mir weismachen, er wäre krank, bloß um mich leichter loszuwerden. Und trotzdem will er nicht, daß ich heirate! Pompon, du bist nicht bei Trost!«

»Irénée«, sagte ich, »Mademoiselle hat recht! Nimm Vernunft an. Diese Heirat ist in euer beider Interesse. Trennt euch im guten.«

Aber der Philosoph stand plötzlich auf und schrie, Pomponnette bei den Schultern packend: »Wie heißt er, der Verbrecher? Wo wohnt dieser alte Sodomit? Er soll mir nur nicht über den Weg laufen, sonst stoße ich ihm das hier zwischen die Rippen! Ah! Du willst also heiraten! Na gut, dann bin ich Brautführer und spiele die Orgel!«

Er explodierte geradezu.

»Du und heiraten! Hat man so was schon gehört! Pomponnette heiratet!!! Schau sie dir an, Panier! Schau sie dir an und sag mir, ob sie so aussieht wie eine Frau, die man heiratet! Hat er den Star, der Alte?«

»Er ist nicht alt«, sagte Pomponnette stolz. »Er ist vierzig!«

»Vierzig!« brüllte Peluque aufgebracht und ohne daß man im geringsten begriff, was er dieser Zahl zum Vorwurf machte. »Vierzig! Pomponnette, du bist eine Lügnerin, eine Dirne, eine Hure! Hast du mich verstanden? Du bist ein Kamel! Aber nein! Das Kamel ist gut! Es hat große Füße; es rennt, es hat den Bauch voll Wasser... Aber du! Du hast nichts. Du bist die personifizierte Niedertracht! Und außerdem halte ich mich besser zurück. Sonst beleidige ich dich womöglich.«

Zufrieden lauschte Pomponnette diesem Ausbruch. Die aufrichtige Wut des Philosophen freute sie über die Maßen.

»Jetzt hör mir mal zu«, sagte sie mit großer Ruhe.

»Ich schwöre dir, ich habe dich sehr geliebt. Du bist nicht schön, aber du bist lieb, du steckst voller Überraschungen, und du hast so eine drollige Art zu erzählen...«

Der Philosoph ließ sich auf einem Stuhlrand nieder und sagte mit schneidender Stimme: »Besonders überrascht mich, wie du diese Liebe erklärst. Manche Leute liebt man, weil sie genial sind, andere, weil sie schön sind, wieder andere, weil sie eine schöne Seele haben. Mich hast du geliebt, weil ich komisch bin. Ich bin ein spaßiger Verführer. Ich danke dir!«

Seine Stimme nahm plötzlich einen tragischen Ton an.

»Unglückselige!« schrie er. »O du Unglückselige! Du hast mich nicht verstanden! Du warst nicht fähig, hinter dieser Clownsmaske die unermeßliche Zärtlichkeit meines verzweifelten Herzens zu erkennen! Für dich allein habe ich sie aufgespart, Pomponnette, für dich, die ich liebte wie eine Frau und wie ein Kind! Geh zu ihm, zu deinem Idioten, deinem gierigen Greis, geh und messe seine schlaffen Gelüste an dem üppigen Reichtum meines Herzens! Nein, nein, das darf nicht wahr sein! (Er setzte ein Knie auf den Boden.) Du wirst diesen schönen Traum nicht zerstören, den unschuldigen Traum, den ich geträumt habe...«

Pomponnette hörte ihm mit gerührtem Erstaunen

zu. Der Philosoph spielte die Komödie so perfekt, wirkte so aufrichtig, daß ich völlig perplex war.

»O Traum! Schöner Traum!« fuhr er in elegischem Ton fort. »Er war einfach, er war naiv; er war spießbürgerlich, ich gebe es zu.

Ich sah in der Zukunft, in einer Stadt ohne Straßenbahnen, ein kleines Gymnasium, an dem ich Philosophie unterrichtete. Und die wohlgenährten, von den Bergen ringsum herabgestiegenen Kinder lauschten schweigend meiner artikulierten Rede... Am großen Platz mit den alten Platanen erhob sich ein Haus... Unser Haus... (Er blickte Pomponnette zärtlich an.) Ein Haus mit großen Fenstern und mit einem langen Wollteppich im Flur, einem dicken, weichen Teppich. Rechts hinter dem Eingang das Eßzimmer: ein schönes Buffet aus glänzendem Nußbaum, eine Anrichte, ein viereckiger Tisch unter einem mit Papiergirlanden geschmückten Lüster. An den Wänden Gemälde und meine Diplome: mein Studiendiplom, mein Abiturzeugnis, meine Zulassung zum Lehramt... Ein altes katholisches Hausmädchen staubt jeden Morgen die vergoldeten Gipsrahmen ab... Auf dem Kamin eine vergoldete Pendeluhr mit einem Schäfer, der die Flöte spielt... Und auf dem Nipptischchen dort in der Ecke ein hübsches Album mit Ansichtskarten...«

Pomponnette lauschte mit Entzücken dieser Beschreibung, die so haargenau dem spießbürgerlichen Ideal eines jeden leichten Mädchens entsprach. Peluque geriet jetzt in Feuer, seine Augen wurden schmal, der Ton seiner Stimme intim.

»Dort hinten, am Ende des Flurs, unser Schlafzimmer. Helle Musselinvorhänge um das große Bett aus glänzendem Nußbaumholz. Es ist groß, es ist tief, es ist still und weich… Dem Bett gegenüber der Kleiderschrank. Er hat zwei Spiegeltüren, und man sieht sich darin, wenn man im Bett liegt. Welche Reichtümer verbergen sich in seinen Fächern! Die Höschen, die bestickten Hemdchen, die Büstenhalter, die Korsetts, die Unterröcke aus Seide und Batist… Alles, was diesen anbetungswürdigen Körper umhüllt… Ach! Pomponnette! Hättest du nur gewollt!«

Er schüttelte melancholisch den Kopf.

»Hättest du nur gewollt!«

Das Mädchen stand plötzlich auf und nahm seine Hand. »Pompon«, sagte sie, »du bist wirklich komisch. Ich liebe dich sehr, aber ich habe dich nie verstanden. Jetzt sagst du dies, und gleich darauf wird es was anderes sein.«

»O ihr Götter!« sagte der Philosoph mit tragischer Stimme. »O ihr gerechten Götter! Sie zweifelt an mir! Das ist die Strafe für meine ewige Skepsis. Ich habe an allem gezweifelt, nun zweifelt die an mir, die ich liebe…«

Plötzlich faßte Pomponnette einen folgenschweren Entschluß. »Pompon«, sagte sie, »schwör mir, daß du mich heiratest, sag mir das Datum, und ich lasse meinen Verlobten laufen.«

Triumphierend erhob sich der Philosoph. Er zog die junge Frau an sich und überschüttete sie mit vielen zärtlichen Küssen.

»Ich wußte es«, sagte er. »Ich wußte es! Nein, eine Liebe wie diese vergißt man nicht... Ja, ich heirate dich! Wann? Heute ist der 2. Juni. Nun, dann am 30.!«

Pomponnette klatschte in die Hände.

»An meinem Geburtstag also?« rief sie. »An meinem Geburtstag!«

Das war nun der Gipfel der Farce. Statt endlich die Trennung zu vollziehen, ließ dieser Verrückte sich auf Versprechungen ein, die er nicht einlösen konnte. Statt dem Mädchen die Liebe aus dem Herzen zu reißen, versetzte der Philosoph sie in einen Zustand der Ekstase. Die Rolle des Trösters blieb mir somit versagt. Ich griff deshalb zum zweiten Mal ein. Ich sprach im Namen der Freundschaft, der Vernunft und der Eifersucht; das verlieh meiner Rede große Autorität.

»Das ist ja alles schön und gut«, sagte ich, »aber mir scheint, da stellen sich einige Hindernisse in den Weg.«

Mir war, als wandelte Pomponnettes Blick sich jetzt ins Feindselige.

»Peluque behauptet, ein kleines Gymnasium, ein kleines Haus und einen ganzen Haufen von rührenden kleinen Dingen zu sehen. Er muß tatsächlich sehr weitsichtig sein, da sein Blick in so unendliche Ferne reicht.«

»Aber wieso denn?« fragte Pomponnette. »Der 30. Juni…«

»Der 30. Juni ist der Vortag seiner zweiten Abiturprüfung. Falls die Hochzeit an diesem Datum stattfindet, wird in eurem Eßzimmer der größte Teil der schmückenden Diplome fehlen…«

Peluque warf mir einen feuersprühenden Blick zu, aber ich ließ mich nicht beirren. »Zweifellos werdet ihr am 30. Juni heiraten. Es fragt sich nur, welches Jahr diese glückliche Vereinigung erleben wird. Ich, da ihr ja meine Meinung hören wolltet…«

Brüsk wandte Peluque sich mir zu und sagte: »Du, du läßt uns jetzt…«

Mir blieb die Spucke weg.

Pomponnette sah mich böse an. Aufgebracht schrie sie: »Wieso bringst du mir eigentlich fremde Leute ins Haus? Besonders so einen wie den da. Er hat einen Judaskopf!«

Meine Wut fand endlich Worte.

»Ihr seid zwei ganz miserable Typen«, schrie ich.

»Du, Peluque, du bist ein entarteter Windbeutel. Du bist weich wie ein Kuhfladen, und ich prophezeie dir ein erbärmliches Ende. Auf meine Freundschaft rechne nicht mehr, die hast du schamlos ausgenützt. Und Sie«, sagte ich zu dem Weibsbild, »Sie verachte ich, Sie sind eine ganz ordinäre Schickse. Und wenn Sie schon von Judas reden, dann sollten Sie auch wissen, daß er der Schönste der zwölf Apostel war und daß er nicht wie Sie diesen Gesichtswinkel von dreißig Grad hatte, der vor allem Fische und Schwachsinnige kennzeichnet.«

Ich ergriff meinen Hut und machte schleunigst, daß ich fort kam. Das Mädchen verfolgte mich wutentbrannt. Ich beeilte mich, ohne daß es allzusehr nach Hast aussah. Mein Abschied war keine Flucht, sondern der Abgang eines ehrenwerten Mannes, der es eilig hatte.

Ich war nicht mehr einzuholen. Doch während ich ins Dunkel des Treppenhauses tauchte, beugte sich diese Unglückselige über das Geländer und schrie: »Jetzt rennst du, was, du Dreckskerl? Du hast Schiß, was? So höflich wie du bin ich schon lange, du Schwein!«

Die wüste Beschimpfung dauerte an, während ich die drei Stockwerke hinabstieg. Ich gebe sie hier nicht vollständig wieder, da ich ihr weiter keine Beachtung schenkte.

Die Droschke wartete noch immer. Ich vergewisserte mich, daß Peluque sie tatsächlich für den ganzen Tag bezahlt hatte, und nutzte diese Miete rachsüchtig aus. In die Kissen zurückgelehnt, fuhr ich meine Erbitterung um die gesamte Corniche spazieren.

8.

Am nächsten Morgen im Gymnasium bekam ich den Philosophen nicht zu Gesicht, doch unterhielt ich mich lange mit Grasset.

»Ach was«, meinte der Dichter, »laß ihn doch. Ob er nun diese Pomponnette oder die Frau mit den dreihunderttausend Francs heiratet, er wird immer glücklich sein, denn er trägt das Glück in sich selbst. Betrachte dir diese Komödie als Zuschauer. Ich schwör dir, sie wird spaßig und abwechslungsreich. Sobald der Schwiegervater die Wahrheit erfährt, erleben wir Peluque als Boxer, dann Peluque in Eifersucht... dann Peluque verheiratet, dann betrogen... Was werden wir nicht alles erleben!«

Und mit einem geschickten Schwenker rezitierte er mir sein letztes Gedicht, das überhaupt nicht lustig war.

Am Nachmittag hatte ich nichts in der Schule zu tun. Gegen zwei schlenderte ich über die Plaine.

Von weitem sah ich Peluque. Er spielte Himmel und Hölle mit einem kleinen Stiefelputzer. Dieser seltsame Partner, der wegen seiner zierlichen Gestalt *Bouchon*, »Stöpsel«, genannt wurde, war von riesigen Kleidungsstücken umhüllt oder vielmehr umwallt.

Sein Jackett warf so gewaltige Falten, daß es so aussah, als hinge es an einem Haken. Seine Ärmel ließen nur die äußersten Enden seiner Hände frei, die mit keineswegs schmückenden schwarzen Nägeln versehen waren. Seine Hose hingegen reichte ihm bis zu den Achseln, wo sie von farbigen, über der Brust gekreuzten Schnüren gehalten wurde.

Das Himmel-und-Hölle-Spiel ist sehr einfach. Man zeichnet auf dem Boden ein großes Rechteck, das man in gleichmäßige Kästchen aufteilt. Anschließend muß man einen flachen Stein von einem Feld ins andere bewegen. Das geschieht, immer auf einem Bein hüpfend, nach bestimmten Regeln.

Als ich auftauchte, überwachte Bouchon, die Hände in den Taschen, einen Zigarettenstummel im Mundwinkel, was ihn männlich erscheinen ließ, gerade die Manöver seines Gegners; seine gerunzelten Brauen verrieten mißtrauische Erheiterung.

Der Philosoph, die Hosenbeine hochgekrempelt,

hielt seinen Strohhut in der Hand, der jedesmal weite Kreise beschrieb, sobald sein Gleichgewicht ins Wanken geriet. Er hüpfte mit leichtem Schritt, während seine Rockschöße, beschwert durch die Bücher, die er in den Taschen trug, mit grotesken Schwüngen den Bewegungen seines mageren Hinterns folgten.

Als er mich erblickte, machte er einen gewaltigen Sprung, um meine Aufmerksamkeit zu erregen. Aber ich wandte den Kopf ab und ging zu Hippolyte.

Dort traf ich Bleu, der in eine Partie Pikett vertieft war. Ich habe nie begriffen, weshalb man ihn Bleu nannte, denn er war rosig und fett. Er spielte gegen Fausset, einen renommierten Fachmann auf diesem Gebiet; schon mit sechzehn gab er aufgrund seiner Fähigkeit, unerwartete Trümpfe aus dem Ärmel zu ziehen, zu den größten Hoffnungen Anlaß.

Neben ihnen schoben Lemeunier und Grasset Bauern über ein Schachbrett; Lagneau verfolgte ihre Züge mit Kennerblick.

Ich drückte diverse Hände und sah schon das bevorstehende Ende der Partie, als ich durch die Scheibe Peluque kommen sah. Er wedelte mit einem Schlüsselbund.

»Na da schau an!« sagte Lemeunier. »Peluque hat Schlüssel gefunden!«

Grasset, der soeben einen Bauern bewegt hatte, hob den Kopf und sagte: »Wo hat er die Schlüssel wohl her? Wahrscheinlich gehören sie irgendeiner armen Frau, die heute morgen nicht mehr in ihre Wohnung zurück konnte...«

Er wandte mir einen müden Blick zu. Indessen stieß Lemeunier ein Triumphgeschrei aus, nahm ihm vier Bauern weg und krönte eine Dame.

Peluque trat mit dem Schlüsselbund klimpernd herein und rief: »Wer kommt mit mir zum Schwiegervater?«

Die Frage erstaunte uns. Bleu, dessen Minuskonto sich gerade um vierzig Punkte erhöht hatte, fragte: »Ist denn keiner zu Hause?«

»Keiner«, sagte der Philosoph. »Sie sind alle auf dem Land.«

»Wie bist du zu diesen Schlüsseln gekommen?« fragte Grasset, der mir verbittert über den Verlust seiner Bauern erschien.

»Man hat sie mir anvertraut«, erwiderte Peluque. »Morgen früh muß ich hin und dem Hausmädchen die Tür öffnen. Wer hat jetzt Lust, mich zu begleiten?«

»Was tun wir denn da?« fragte Lagneau.

»Wir trinken Cognac. Wir essen Kompott. Wir rauchen guten Tabak. Wir spielen Pianola und Phonograph.«

Dieses Programm schien Bleu, Fausset und Lagneau durchaus zu interessieren.

»Wir gehen mit«, sagte Bleu.

»Was mich angeht«, sagte Grasset, »so bin ich durchaus geneigt, euch zu folgen. Doch bitte ich euch, mein Verhalten in den Räumlichkeiten dieses Mannes zu beobachten. Denn ich gedenke, weder Cognac zu trinken noch Kompott zu kosten, und ich werde auch den Tabak nicht anrühren. So könnt ihr im entsprechenden Moment vor Gericht bezeugen, daß ich der Plünderung dieses Hauses als simpler Zuschauer beigewohnt habe.«

Er stand auf, und da ich mich nicht rührte, sagte er: »Kommst du, Jacques?«

Ich war über die Maßen neugierig, die Wohnung dieses Mannes zu sehen. Trotz Peluques Versicherungen schwebte die ganze Geschichte von der reichen Verlobten ohne jegliche konkrete Stütze in meinem Hirn. Die Bestätigung durch unsere Sinne erhöht die Realität einer Erzählung ganz erheblich, selbst wenn es sich nur um ein unbedeutendes Detail handelt. Ich verspürte deshalb den lebhaften Wunsch, dieses reiche Haus kennenzulernen. Andererseits war ich es meiner Würde schuldig, mich nicht allzu schnell mit dem unzuverlässigen Philosophen wieder auszusöhnen. Ich blickte deshalb ablehnend.

Aber Peluque kam zu mir und sagte: »Jacques, du mußt unbedingt mitkommen. Ich bin dir nicht böse wegen gestern. Du hast mich in den Armen der Liebe zurückgelassen, du, der du versprochen hattest, mich zu retten... Du hast dich durch eine schnöde Flucht deiner Freundespflicht entzogen.«

Ich schwankte einen Augenblick, unsicher, ob ich ihn mit der neben mir stehenden Karaffe erschlagen oder ob ich laut herauslachen sollte.

»Und im übrigen«, fuhr er fort, »hast du vielleicht sogar richtig gehandelt, und dein Versagen ist begreiflich.«

»Peluque«, sagte ich unfreundlich, »die Farce ist beendet. Laß mich in Ruhe.«

Er wechselte den Ton. »Jacques, ich erkläre es dir... Du wirst begreifen... Ich werde dir vor Augen führen...«

»Du hast dich über mich lustig gemacht. Du hast mich vor die Tür gesetzt, und du hast es zugelassen, daß dieses Mädchen mich Judas nannte.«

»Du, der du Intelligenz bist, Geist, wirst doch Pomponnette nicht böse sein, die ganz und gar Materie ist. Ich habe Fehler gemacht, das gebe ich zu. Ich gestehe: *mea culpa, confiteor.* Aber meine Handlungsweise befand sich im Einklang mit unseren Entscheidungen. Himmel! Denk doch mal logisch! Wir hatten beschlossen, Pomponnette sitzenzulassen. Konnte ich sie gestern vielleicht sitzenlassen? Eben nicht! Sie wollte mich verlassen! Das war das genaue Gegenteil!

Ich sah auf der Stelle die einzig mögliche Lösung. Ich mußte Pomponnette zurückerobern, um sie verlassen zu können! Ich habe sie zurückerobert. Das Schlimmste ist überstanden.«

Indessen gaben unsere Freunde Zeichen von Ungeduld zu erkennen. Gegen wahre Zuneigung kann Eigenliebe nicht an: Peluque zog mich mit, und wieder einmal verzieh ich ihm. Gemeinsam gelangten wir zum Haus des Kapitäns. Peluque steckte ganz einfach den Schlüssel ins Schloß, und schon stiegen wir die Treppe hoch. Der Philosoph marschierte voran; ich gleich hinter ihm. Der Reihe nach folgten uns Lagneau, Fausset, Grasset und Bleu. Der Kapitän bewohnte die dritte Etage. Als wir an der Tür der ersten Etage vorbeikamen, ergriff Lagneau die Klingelschnur und fragte: »Läuten wir?«

Grasset empörte sich: »Das sind Kinderscherze!«

Doch da Lagneau mit unschlüssiger Miene die Kordel in der Hand hielt, schrien Bleu und Fausset: »Zieh! Zieh!«

Grasset stürzte vorwärts, da er Lagneau zwingen wollte, sie loszulassen. Bleu, aus vollem Halse lachend, versuchte sich zwischen ihnen hindurchzudrängen. Plötzlich verlor Grasset das Gleichgewicht und fiel auf den Rücken. Da er sich gerade der Schnur bemächtigt hatte, zog er sie mit sich. Laut ertönte die Glocke, und der Wollzopf zerriß.

Peluque entschwand nach oben. Flugs folgte ich ihm. Lagneau und Bleu holten uns ein, während Fausset angesichts seines beträchtlichen Rückstands in größter Hast Richtung Keller strebte.

Der Dichter hingegen befand sich in einer höchst fatalen Lage. Er war bei seinem Fall halb liegend quer auf den Stufen gelandet, und das eine seiner Beine baumelte zwischen den Stäben des Geländers in der Luft. Er hielt die große grüne Wolltroddel in der Hand, und auf seinem Gesicht stand Verwirrung geschrieben.

Die Tür ging auf, und ein dicker Mann erschien. Verblüfft betrachtete er die Szene und sagte: »Was soll das bedeuten? War das ein Versehen? So reden Sie schon! Das Polizeirevier ist nicht weit!«

Grasset antwortete nicht, allzusehr mischten sich Überraschung und Angst in seine Wut. Mit Mühe zog er das Bein aus dem Geländer und richtete sich auf.

»Monsieur«, sagte er endlich, »glauben Sie mir bitte, aber ein unvorhersehbares Ereignis...«

Im gleichen Augenblick hob der dicke Mann den Kopf und sah unsere vier Gesichter aufgereiht über dem Geländer der oberen Etage. Er trat einen Schritt zurück und schlug heftig die Tür hinter sich zu. Man hörte ein Schloß einschnappen, einen Riegel knarren und eine Sicherheitskette klirren. Dann völlige Stille.

Grasset stürmte hinter uns her. Auf der Fußmatte des Kapitäns holte er uns ein.

»So ein Dummejungenstreich!« sagte er. »In eurem Alter! Obendrein hat der Mann uns für Einbrecher gehalten, und er ruft jetzt sicher die Polizei!«

Wir schenkten seinen Worten keinerlei Beachtung. Ich für meinen Teil war in die Betrachtung des Vestibüls versunken.

Ein Teppich von bewunderungswürdiger Dichte tauchte unsere Schritte in seine großzügige Weichheit. Ein schmiedeeiserner Deckenleuchter verbreitete das Licht seiner von blauen Seidenschirmen gedämpften Lämpchen. Große rote Samtbehänge drapierten die Wände. Ohne Zweifel: Man fühlte sich in einer großbürgerlichen Wohnung.

Der Salon, in den wir nun vordrangen, war noch üppiger eingerichtet. Vielleicht ein wenig zu üppig. Zuviel vergoldetes Holz… Zuviel teure Nippes…

Peluque machte es sich in einem Louis-Quinze-Sessel bequem und erklärte mit Besitzergeste: »Make yourself at home!«

Über diesen Worten kam Fausset herein, immer noch über das komische Abenteuer lachend.

»Seht ihr diesen Salon?« fragte Peluque. »Seht ihr diesen Luxus? Sicher glaubt ihr, der Mann, der diese Räume bewohnt, liebe es, seinen Reichtum auszustellen? Laßt euch eines Besseren belehren!«

Er stand auf, holte eine Flasche und mehrere Gläser aus einem Schrank und ging daran, sie zu füllen.

»Laßt euch eines Besseren belehren!« wiederholte er. »Mein Schwiegervater ist ein Weiser! Er haßt Wandbehänge, Brokate und Teppiche! Dieser Raum, den ihr bewundert, dieses Vestibül sind Zugeständnisse an die Dummheit unserer Zeitgenossen.«

Er machte die Runde durch den Salon, vorsichtig das Silbertablett balancierend, von dem wir unsere Gläser nahmen. »Man beurteilt die Leute nach ihrem Reichtum. Mit dem Vermögen ist es wie mit dem Respekt vor der Armee. Man urteilt nach Äußerlichkeiten: nach dem Luxus der Räumlichkeiten, nach der Kostbarkeit der Kleidung. Der Kapitän, der den einfachen Geschmack eines Diogenes besitzt, beachtet dennoch die Maxime von Descartes: ›Man muß in seiner Zeit und in seinem Lande leben.‹ Sobald er in der Öffentlichkeit erscheint, bezeugt er seinen Reichtum mittels der Aufmachung von Frau und Tochter. Jedesmal, wenn er einen Empfang in seinem Hause gibt, beweist er mit dem Luxus dieses Salons die Fülle seiner Truhen… Aber ist er unbeobachtet… Ach Freunde! Welch einfaches häusliches Leben! Welche Liebe zur… Ich möchte fast sagen, zur Armut! Sie essen in der Küche; sie schlafen in den Betten ihrer Vorväter. Trinken wir auf die Weisheit des Kapitäns!«

Was wir bereitwillig taten.

Dann spielte Lagneau eine Rhapsodie von Liszt auf dem Pianola, während Bleu aus der Küche Töpfe mit eingelegten Früchten hereintrug.

Ich inspizierte die Wohnung. Ich sah das Zimmer der Töchter. Zwei kleine Eisenbetten, ein Kruzifix, eine Kommode aus hellem Holz und auf einem Möbel, das als Toilettentisch diente, eine emaillierte Metallschüssel, halb gefüllt mit schmutzigem Wasser. Auf einem Stuhl lag ein fettiger Kamm voller Haare. In der Küche ein Topf mit den angesetzten Resten eines Schmorbratens. Im Spülstein lagerten schwärzlich starrende Eisengabeln.

Dieser Anblick erfüllte mich keineswegs mit Bewunderung für die simple Lebensweise des Kapitäns, vielmehr mit Ekel.

Ich dachte: Dieser Mann ist kein Weiser, der den Reichtum verachtet. Er ist ein Parvenü, dem es Freude macht, sich im alten Schmutz zu wälzen. Er liebt diese ausgelatschten Pantoffeln, diese verwahrlosten Zimmer; er ist gar nicht fähig, sein Vermögen zu genießen!

Und innerlich beklagte ich die ungerechte Verteilung des Goldes auf unserem Planeten...

Der Nachmittag wurde bemerkenswert. Zwei zuvor mit einem dunklen Malaga gefüllte Flaschen standen binnen kurzem durchscheinend vor uns. Die

Kompottöpfe, ihrer Pergamenthauben beraubt, hätten nun auf dem Wasser schwimmen können.

Lagneau entdeckte im Laufe seiner Recherchen einen halbfertigen Strickstrumpf samt den Nadeln, mit denen die Schwiegermutter die Maschen hielt. Er verurteilte dieses Werk und erklärte es für unbrauchbar. Er rühmte sich beträchtlicher Erfahrung in solcherlei Handarbeit und weihte uns in seinen Plan ein.

Wie das Heinzelmännchen im Märchen würde er diesen Strumpf schnell und penibel vollenden. Die Schwiegermutter würde angenehm überrascht und zudem ein klein wenig entschädigt sein für das dahingeschwundene Eingemachte.

»Ich benötige lediglich«, so erklärte er, »eine Häkelnadel, denn Stricknadeln taugen nicht für solche Arbeiten.«

Auf der Suche nach diesem Gerät verschwand er im anderen Zimmer.

Während Peluque, Grasset und ich, in Bettücher gehüllt und Monsieur de Max imitierend, einige Szenen aus Racines *Britannicus* deklamierten, arbeitete Lagneau schweigend vor sich hin. Nach etwa einer halben Stunde hob er entmutigt den Kopf.

»Die Wolle ist mies!« sagte er. »Sie ist nicht dekatiert, versteht ihr? Deshalb...«

Er zeigte uns das Resultat seiner Geschicklichkeit. Er hatte der Arbeit der Schwiegermutter ein monströses Fransenwerk mit riesigen Maschen hinzugefügt, obendrein so hoffnungslos verheddert, daß es uns nicht gelang, es zu entwirren.

In Peluque löste dieses Ergebnis Schrecken aus. Plötzlich stellte er fest, daß ein entsetzliches Chaos herrschte, und sagte beunruhigt: »Wir müssen das wieder in Ordnung bringen!«

Er selbst ging mit gutem Beispiel voran, und wir bemühten uns, die Spuren unseres Besuchs zu tilgen. Doch war es, trotz einer genialen Idee von Bleu, unmöglich, die Kompottgefäße wieder zu füllen. Der Strumpf konnte nicht mehr in den alten Zustand zurückversetzt werden, und der Teppich, von Zigarettenstummeln verbrannt, erschien uns völlig irreparabel.

Gegen sieben verließen wir diese gastliche Stätte.

Lagneau, Fausset und Bleu gingen nach Hause. Ich blieb noch ein paar Minuten auf der Plaine und unterhielt mich mit dem Philosophen und dem Dichter.

»Jacques«, sagte Peluque zu mir, ich sehe, du hast zu deiner gewohnten Fröhlichkeit zurückgefunden. Du bist mir nicht mehr böse, denn du weißt jetzt, daß ich eines Tages sehr reich sein werde. Ich möchte dir deshalb meine Pläne im Hinblick auf Pomponnette und Lucie erklären.«

»Erklär mir, was du willst«, schrie ich, »aber rechne nie wieder auf mich!«

»Abgemacht«, sagte er, »versteht sich doch von selbst! Pomponnette kann ich ja nun verlassen. Doch hab ich mir noch einige Stunden Frist genehmigt; ich habe ihr versprochen, sie übermorgen, am Donnerstag, ins Kino zu führen ... Als Ehrenmann muß ich mein Versprechen halten; ich muß es halten, das mußt du einsehen! Aber Donnerstagabend, genau um sieben, das schwöre ich dir bei allen Göttern, wird die Trennung endgültig vollzogen sein!«

Ich zuckte die Schultern.

»Irénée, lieber Freund, wir wissen alle drei, was deine Versprechungen wert sind. Lassen wir ein so unfruchtbares Thema und setzen wir uns auf die Bank nebenan. Dort wird uns Grasset, bevor wir auseinandergehen, sein neuestes Gedicht vorlesen.«

Und auf dieser bequemen grünen Bank, unter dem frischen Blattwerk der Platanen, auf dem die Abendspatzen piepten, nahmen wir nun alle drei Platz. Félix-Antoine Grasset zog ein abgegriffenes Blatt Papier aus der Tasche. Und nachdem er vor Beginn der Lektüre leicht den Mund geschürzt hatte, deklamierte er folgendes Gedicht:

Auf die dunklen Bäume im Hof
Fällt prasselnd der Regen herab.
Ich fühl mich vor Öde ganz blöde,
Die Klasse ist still wie ein Grab.

Ein Typ an der Tafel knackt am Problem.
Der Lehrer kuriert seine Zähne –
Und erklärt uns dabei das beste System.
O Colette, wie sehr ich mich sehne!
Doch wir sind beide gefangen.

Ja, du im Konservatorium
Zupfst jetzt der Harfe die Saiten...
Ach! All dies gelehrte Brimborium
Auf mein armes Herz voller Schmerz...

Ich träum nur noch von den Ferien:
Vom Rendezvous am Waldrand...
Ein dunkles Band hielt deine Locke,
Ein Kettchen fiel auf deine Hand...
Und die kleine dumme Glocke
Tönte laut ihr Gebet an Marien.

Die Dämmerung machte mich trunken
Von jungem Rosmarin, welkender Minze...
Ich stand in dein güldenes Haar versunken,
Erzitternd vor Stolz und vor Wonne...
Und deine knospende Brust an meinem Herzen
Verwirrte sogar die Sonne...

Du, Lehrer beäugst mich scheel.
Zwar weißt du viel. Doch wenn du glaubst,

Du kriegst mich schon:
...Du dauerst mich, zweibeiniges Lexikon!

Da trifft mich sein Blick. Sei's drum!
Gleich nimmt er mich in die Zange.
Konjunktiv mit ut? Gerundium? Supinum?
(Der macht mir noch lange nicht bange!)
Doch er wendet sich ab, man glaubt es kaum.
Überläßt mich meinem köstlichen Traum
Und nimmt einen andren aufs Korn...

Ich ersticke. Es würgt mich die Reue.
(Und das dank dir, Bonaparte!)
Meine Traumbienen fliegen aufs neue
Gegen starre Pappwände an.

Den Jungen mit der Luft im Kopf
Seh ich auf seinem Besen lehnen.
Neben ihm steht sein Abfalltopf.
Sind wir erst aus dem Raum heraus,
Wird er sich den Boden vornehmen.
Er ist schmutzig, und er heißt Alfred.
Da wumm! fährt er aus seiner Haut heraus...

Sie tönt durch die Stille.
Mir wird ganz weich,
Ihr Klang ist dem andren so ähnlich, so gleich

Und drängt sich in meine Gedanken.
Das Dunkel wird dichter, der Himmel wird rot.
Das ist's, was sie mir in den Ferien bot,
Die alte kleine Glocke...

9.

Am nächsten Tag um vier verließ ich das Gymnasium in Grassets Begleitung.

Den ganzen Tag hatte der Dichter sich darin geübt, die Schrift seiner Mutter nachzuahmen. Sodann verfaßte er einen Brief, in dem diese ehrbare Frau sich für bettlägerig erklärte und Monsieur le Censeur bat, ihren Sohn Félix-Antoine um vier Uhr nach Hause gehen zu lassen.

Der Poet legte dieses Papier unter Zittern vor. Monsieur le Censeur nahm es lächelnd entgegen und schlug die Bitte einer leidenden Mutter nicht ab. Aber Grasset erbebte noch immer vor Freude und Reue.

»Jacques«, sagte er, während wir die Rue Sénac hinaufgingen, »er hat diese Fälschung mit einer Leichtigkeit akzeptiert, die mir beängstigend erscheint. Zweifellos hat er nur so getan, als fiele er darauf herein, denn sein Lächeln sprach Bände... Sicher hat er schon einen Kurier zu mir nach Hause geschickt, um meine Familie zu informieren...«

»Ach was!« sagte ich. »Monsieur le Censeur ist gar nicht so kompliziert. Aber ich weiß, was an dir nagt – das sind die Gewissensbisse.«

»Darüber gäbe es viel zu sagen«, rief der Dichter. »Glaubst du im Ernst an das Gefühl schmerzlicher Reue, das der bösen Tat folgt und das uns die Einführungswerke in die Ethik so pathetisch beschreiben? Unsinn! Kindermärchen! Nehmen wir nur die Legende von Kain, der floh, verfolgt von jenem Auge, das heutzutage das Emblem aller Privatdetektive ist. Weißt du, weshalb Kain in seinem Mantel aus Skunk und Nerz so weit und so schnell lief? Weil er sein erstes Verbrechen begangen hatte; es mangelte ihm an Erfahrung. Er fürchtete, es schlecht ausgeführt zu haben; er dachte mit Schrecken, Abel könnte vielleicht nicht ganz tot sein, er fürchtete seine Rache. Gewissensbisse – das ist die Angst vor den Folgen, und sonst gar nichts.« Indessen waren wir auf der Plaine bei den hübschen Ammen angelangt.

Der Anblick eines jungen Mädchens brachte den Dichter auf seinen Liebeskummer zurück. Ausführlich erzählte er mir die Geschichte der schönen Suzon. Wie ihn Amors Pfeil angesichts ihrer Augen getroffen hatte, die so schwarz und so süß waren wie eine Nocturne von Chopin; wie er ihr in dreihundert Meter Abstand durch die Straßen folgte; wie er Nacht für Nacht stundenlang vor ihrem erhellten Fenster stand.

Anschließend legte er mir dar, weshalb sie ihn niemals lieben würde.

»Ich bin immer schlecht gekleidet«, sagte er. »Ich hege eine abgrundtiefe Abscheu vor neuen Anzügen, weil sie mich noch lächerlicher erscheinen lassen. Aber mit diesem dunkelblauen, fleckigen Jackett, der zu großen Weste, diesen formlosen Schuhen bin ich nicht der Mann, in den man sich verliebt. Und der Anzug ist ja noch gar nichts. Sieh dir meinen Mund an. Er ist zu groß und ist schief. Und meine Ohren! Sie stehen so weit von meinem Kopf ab, daß man glauben könnte, sie seien mit Fäden an den verschlissenen Rändern meines Hutes aufgehängt... Weißt du, wie viele sie umwerben? Sechs, mein lieber Freund!«

Er zählte mir alle diese Anwärter auf und schilderte mir ihr Aussehen; er schloß daraus, daß ihm jeder einzelne weit überlegen sei. Er setzte gerade an, mir Suzons Reize im Detail zu beschreiben, als Père Fromage uns rief.

Er stand auf der Schwelle seines Ladens mit den beiden Schaufenstern. Wie junge Bräute ruhten auf der einen wie auf der anderen Seite die schönen Butterballen unter ihren Musselinschleiern. Unter den Glasglocken meditierten die Banons und Saint-Marcellins vor sich hin, die mich immer an Philosophen denken ließen: Ihre scheinbare Gelassenheit verbirgt tiefinnere, nagende Unruhe.

Père Fromage in seinem langen weißen Kittel und unter einer Art Zuckerhut sah sehr gutmütig aus. Sein dreifaches, schlaffes Kinn breitete sich über seine Brust; sein Bauch wölbte sich in unbeweglicher Fröhlichkeit, und seine kleinen Augen lachten über der schwammigen Knollennase.

Er tat einen Schritt auf uns zu und sagte: »Na hört mal... Wußtet ihr das? Hm?... (Er zwinkerte.) Euch hat er es bestimmt erzählt, was?«

»Wovon reden Sie überhaupt?«

Er versetzte mir ein paar Rippenstöße.

»Na, der Imperator! Er scheint ja sehr reich zu sein! Wer hätte das gedacht! Ihr kennt ihn doch so gut, da wißt ihr doch sicher, wie groß sein Vermögen ist? So ungefähr?«

»Himmel«, sagte ich, »ich weiß, daß er ein Rasiermesser besitzt, einen Füllfederhalter mit Goldfeder, ein Fahrrad und eine gute Gymnasialbildung. Wenn mich nicht alles täuscht, hat er sogar eine Mutter!«

Fromage erbleichte, und seine Stimme wechselte ins Tragische.

»Sie machen wohl Witze, was? Nein, machen Sie

keine Witze! Ist er etwa nicht reich? Hat er keine Fabrik, von den kleineren Renditen mal ganz abgesehen?«

»Sie müssen sich täuschen«, sagte Grasset, »falls er nicht heute mittag gleich nach zwölf, nachdem er sich zwanzig Sous bei mir geborgt hat, durch eine Erbschaft zu plötzlichem Reichtum gelangt ist.«

Fromage stieß mit beträchtlicher Vehemenz eine ganze Serie von Flüchen aus. Sich zum Laden umwendend, schrie er mit Donnerstimme: »Streicht den Auftrag Ledru!«

Die Kassiererin blätterte einige Zettel durch und antwortete: »Er ist schon raus. Ich habe den Lehrling geschickt.«

Fromage kreuzte verzweifelt die Arme: »Schon wieder zwanzig Francs für Butter dahin! Das ist stark!«

»Was ist passiert?« fragte ich mit lebhaftem Interesse. »Wissen Sie, in welcher Beziehung der Imperator zu Monsieur Ledru steht?«

»Und ob ich das weiß!« schrie Fromage. »Aber wissen Sie, daß dieser Kapitän bis über beide Ohren verschuldet ist? Wissen Sie, daß ich vierhundert Francs für Butter, Käse und geräucherten Hering von ihm zu bekommen habe?«

Ich war höchst erstaunt. Grasset grinste.

»Er steht beim ganzen Viertel in der Kreide«, fuhr

Fromage fort. »Beim Bäcker, beim Kolonialwaren-händler, beim Metzger! Sie brauchen bloß die Runde um die Plaine zu machen! Gehen Sie in den erstbesten Laden! Schon seit drei Monaten liefert ihm niemand mehr auf Kredit, da er nie bezahlt! Letzte Woche kam er plötzlich und teilte mir mit, er werde seine Tochter mit einem sehr reichen Mann verheiraten, Besitzer mehrerer Fabriken. Er bat mich bis dahin um Geduld. Er hat mir Schuldscheine unterzeichnet. Nach der Hochzeit werde er zahlen; in drei Monaten – mit dem Geld seines Schwiegersohns!«

Grasset brach in schallendes Gelächter aus.

»Mit Peluques Geld!« sagte er.

»Na hören Sie mal«, rief ich, »wenn Sie wußten, daß Peluque, der Imperator der Plaine, der Bräuti-gam ist, wie konnten Sie dann glauben, er sei reich?«

»Himmel!« sagte Fromage. »Er tut doch nichts! Er geht den ganzen Tag in der Sonne spazieren! Er sitzt immer nur im Café! Wenn man reich ist, braucht man schließlich nicht mit seinem Vermögen zu prahlen. Und außerdem, was wollen Sie, ich habe ihm ge-glaubt! Ein Kapitän! Ich habe ihm geglaubt!«

Er begann ein endloses Lamento.

»Das ist schon allerhand von diesem Gauner! Die paar Sous, die er verdient, hängt er an seine Töchter. Er hat einen Salon, der ist so schön, daß man kaum wagt, ihn zu betreten! Begreifen Sie, wenn man eine

Rechnung von hundert Francs bei ihm eintreiben will, dann empfängt er einen auf diesem Teppich... Und dann verläßt einen der Mut, man sagt schließlich gar nichts mehr... Man stellt sich vor...«

»Fromage«, sagte ich, »Ihre Vorstellungskraft hat Sie getäuscht. Erlauben Sie, daß ich Sie einer kurzen Nachforschung wegen verlasse. Sollten Sie Peluque sehen, sagen Sie ihm noch nichts.«

»Hätte man lauter solche Kunden, würde man keine Butter mehr machen!«

»Da muß ich Sie unterbrechen! Versuchen Sie nicht, uns weiszumachen, daß Sie Ihre Butter selbst produzieren, zumal uns zahlreiche Schilder in diesem Schaufenster verkünden, daß sie aus Mailand stammt.«

Mit diesen Worten zog ich Grasset davon, während dieser ehrbare Mann den Sinn meines letzten Satzes zu ergründen suchte.

Diskret befragten wir einige Geschäftsleute. Fromage hatte nicht übertrieben. Viele Läden führten lange Listen mit dem Namen von Monsieur Ledru.

Grasset zeigte sich verblüfft.

»Die Frechheit dieser Familie«, sagte er, »verwundert mich nicht im geringsten. Sie ist nur natürlich. Der Mensch ist eine raffinierte Bestie. Mich überrascht allein die Gutgläubigkeit der Händler; sie scheint mir übertrieben. Tagtäglich hört man von derlei Geschichten. Es gibt Leute, die schulden dem Bäcker fünfhundert Francs fürs Brot und dem Kolonialwarenhändler hundert Francs für Senf. Ich kann wirklich nicht begreifen...«

»Grasset«, sagte ich, »hör zu und schreib's dir hinter die Ohren. Es gibt vielerlei Möglichkeiten, sich im Leben einzurichten, und die Intelligenz eines Menschen manifestiert sich vor allem darin, wie er sich eine Situation zunutze macht.

Man kann Beamter werden, das heißt, man erhält für eine leichte Arbeit einen kleinen Teil jenes Geldes, das wir Mitbürger so unwillig in Form von Steuern entrichten. Man kann ein Schiff kaufen und Frachten über See befördern. Man kann ein pharmazeutisches Produkt lancieren; man kann ein Bistro kaufen, ein Schönheitsinstitut, einen Lebensmittelladen oder ein Kino.

Aber man kann sich auch – und das ist das Unternehmen, das am wenigsten Einsatz und Kapital erfordert –, man kann sich auch einen Überzieher kaufen. Ich meine, einen besonders schönen Überzieher, den man durch einige Accessoires ergänzt: einen Stock mit Goldknauf, ein Monokel, einen leichten Filzhut, ein Zigarettenetui und einen platinbesetzten Füllfederhalter. Rund zweitausend Francs dürften genügen.

Überleg dir mal einen Moment, wie klein und wie

schnell erschöpft ein Vorrat von Nahrungsmitteln wäre, den man für eine solche Summe anlegen könnte; er würde keine sechs Monate reichen.

Dein Überzieher hingegen erlaubt es dir, in jedem Geschäft für gut tausend Francs auf Kredit – o welch köstliches Wort – einzukaufen. Du bekommst Freikarten fürs Theater und Vorzugsbillets für die Eisenbahn, und wenn deine Persönlichkeit auch nur annähernd dem Niveau deiner Kleidung entspricht, wird man dir Geld leihen! Und – o Wunder! – sobald dein Überzieher aus der Mode kommt, wird kein Schneider sich weigern, dir einen neuen auf Kredit anzufertigen! O Grasset, welcher Reeder befindet sich in der glücklichen Lage, ein Schiff zu besitzen, das für seinen eigenen Einsatz sorgt?

Du wirst mir antworten, daß eine solche Lebensweise sich schnell herumspricht und daß dein Ruf darunter litte. Du täuschst dich, Poet. Die solideste Reputation ist die, die uns unsere Kleidung verschafft.

Ich gestehe dir allerdings zu, daß es sich in diesem Fall empfiehlt, sehr viel zu reisen. Willst du mir entgegenhalten, ein Nomadenleben sei ermüdend? Schande über den Stubenhocker! Denk nur an den Handlungsreisenden und überleg dir, daß den Träger des Überziehers bei seinen Reisen weder Last noch Sorge für den Musterkoffer hemmt.«

Grasset dachte indessen nach. Er nahm neben mir auf der Bank Platz und sagte: »Das ist eine ganz abscheuliche Geschichte. Sobald Peluque und der Schwiegervater erfahren, daß sie sich gegenseitig düpiert haben, wird es zu einem heftigen Streit kommen. Dieser Kapitän macht mir angst. Er wirkt brutal, und ich traue ihm zu, daß er ausfallend wird.«

»Lieber Dichter«, sagte ich, »wir müssen unseren Philosophen warnen. Das Märchen von der Fabrik, der Chemie und all die anderen Lügen, die er diesem Mann aufgetischt hat, sind noch nicht aufgeflogen. Wenn er als erster Betrug schreit, kann er sich noch in Ehren aus der Affäre ziehen.«

»Wo finden wir ihn?«

»Zweifellos ist er beim Schwiegervater, der gestern vom Land zurückgekommen ist. Meinst du nicht, wir sollten hingehen und unten klingeln? Wir brauchen ja nicht hinaufzusteigen. Wir rufen ihn, er kommt runter, und wir warnen ihn.«

»Wenn du willst«, sagte Grasset. »Aber fürchtest du nicht, daß die Plünderung dieses Hauses...«

»Ach was! Wir werden keinen von ihnen sehen! Und falls wir doch dem Kapitän begegnen, wird er uns auch nicht fressen!«

Schweigend steuerten wir die Wohnung dieses erstaunlichen Offiziers an, und von Zeit zu Zeit brach Félix-Antoine Grasset in Gelächter aus.

10

Ich klingelte, vor meiner eigenen Kühnheit erzitternd. Doch nachdem die Tür sich geöffnet hatte,
antwortete niemand auf meine Rufe.

Grassets dunklen Vorahnungen zum Trotz nahm
ich die drei Etagen in Angriff. Pfeifend und kopf-
schüttelnd folgte er mir.

Eine Frau von etwa vierzig Jahren empfing uns auf
dem Treppenabsatz.

Sie war groß und dick, ihre Augen waren schmal
wie Sparbüchsenschlitze, auf ihrer Oberlippe sproß-
ten Haare. Ihr Kopf schien direkt auf den Schultern
zu sitzen, und ihre Brust blähte sich erschreckend, als
sie mit dünner Stimme sagte: »Was wünschen Sie,
meine Herren?«

»Entschuldigen Sie die Störung, Madame, aber
sollte Louis-Irénée Peluque bei Ihnen sein, würde ich
ihm gerne eine wichtige Mitteilung machen.«

In diesem Augenblick hörten wir durch die Tür die
Stimme des Kapitäns, der eine Salve von Flüchen ab-
feuerte.

»Er war heute noch nicht da, Messieurs«, sagte die
Dame sanft. »Doch wird er gewiß bald eintreffen. Ist
irgend etwas Unangenehmes passiert? Ein Trauerfall
zum Beispiel? Ist Monsieur Legrand, sein Onkel, ge-

storben? Er hat uns erzählt, daß dieser Herr nicht bei bester Gesundheit ist.«

Grasset vermochte ein gewisses Glucksen nicht zu unterdrücken. Ich beeilte mich, ihr zu antworten.

»Nein, Madame, es ist niemand gestorben.«

In diesem Augenblick öffnete sich die Tür zum Salon. Ein Mann trat heraus. Er trug einen schwarzen Anzug und eine Melone mit eingerolltem Rand. Er war dunkel und hatte einen finsteren Blick, den Blick eines Menschen, der zu allem bereit ist.

Der Kapitän begleitete ihn hinaus. Er war hochrot im Gesicht und atmete mühsam. Als er uns erblickte, rief er in einem Ton, der nichts Gutes ahnen ließ: »Na bitte! Da ist er ja, sein Cousin! Da haben wir ihn ja, den kleinen Schlingel! Das trifft sich bestens. Kommen Sie nur herein... Wir werden uns sogleich miteinander unterhalten!«

Ich war beunruhigt, doch ließ ich mir nichts anmerken und trat gemessenen Schritts in den Salon, gefolgt von Grasset, der weder lachte noch zitterte.

Indessen ging der dunkelhaarige Mann unter Worten des Bedauerns hinaus. »Tut mir leid, Monsieur... Ich kann nichts dafür... Ich habe mein Bestes getan... Es ist nicht meine Schuld, daß die Auskünfte so ungünstig sind... Glauben Sie mir...«

»Macht nichts, macht gar nichts«, sagte der Kapitän und schob ihn hinaus... »Ich danke Ihnen trotzdem. Ich komme bei Gelegenheit vorbei und begleiche die Rechnung…«

Knurrend schloß er die Tür.

»Kleine Kröte! Kleiner Drecksack!«

Dann trat er in den Salon. Grasset, der neben mir stand, betrachtete ihn kühl.

Der Kapitän stemmte die Fäuste in die Seiten und sagte mit dröhnender Stimme: »Sie haben mich wohl für einen Vollidioten gehalten?«

Ich wußte nicht genau, worauf er anspielte, und beschränkte mich darauf, ihm zu antworten: »Ich weiß nicht, wovon Sie sprechen.«

Ironisch blickte er mich an: »Sie sind also der Neffe von Monsieur Legrand? Aha! Sie haben sie besucht, die Fabrik? Sie haben den Hahn am Kühlbecken gesehen?«

Er grinste. Dann tat er einen Schritt auf mich zu und sagte: »Es gibt keinen Monsieur Legrand! Es gibt keine Fabrik, kein Kühlbecken, keine Chemie und nicht mal ein Examen! Es gibt nichts, überhaupt nichts! Es gibt einzig und allein einen kleinen Nichtsnutz, einen zweitklassigen Betrüger, einen unverschämten Hochstapler! Oh, keine Angst, ich packe ihn mir schon! Wenn er glaubt, sich so über Kapitän Ledru lustig machen zu können! Ich werde ihm den Hintern verdreschen! Kleiner Drecksskerl! Kleiner Bluffer! Und obendrein dünn wie ein Besenstiel!«

Grasset hüstelte. Der Kapitän machte einige Schritte zum Fenster, dann kehrte er um und kam geradewegs auf mich zu.

»Und Sie, Cousin Panier, mit Ihrer unschuldigen Visage, Sie sind ein ganz erbärmlicher Lügner! Ein Gauner, ein mieser kleiner Gauner, haben Sie mich verstanden?«

Ich blieb sehr ruhig und sagte gelassen: »Lassen Sie mich's bitte wissen, wenn Sie fertig sind, und im übrigen schlagen Ihre Beleidigungen auf Sie selbst zurück. Da Sie mich schon in diese Sache hineinziehen, möchte ich meinerseits ebenfalls einige Vorwürfe zum Ausdruck bringen.«

Konsterniert sah er mich an und tat einen Schritt rückwärts. Plötzliche Wut schnürte ihm die Kehle zu, und mit zitternder Hand knöpfte er den Kragen seiner Joppe auf.

»Halunke!« sagte er mit erstickter Stimme. »Drekkiger kleiner Wurm!«

»Ich hatte einige sehr interessante Unterhaltungen mit den Kaufleuten des Viertels. Die meisten dieser Leute sprechen von der Farbe Ihres Geldes als von einer höchst ungewissen Angelegenheit, die sie bis auf den heutigen Tag nur selten zu Gesicht bekommen haben. Ihre Gläubiger sind so zahlreich, daß sie planen, eine Interessengemeinschaft zu gründen. Mir ist unter diesen Umständen nicht ganz klar, wie Sie Ihrer Tochter dreihunderttausend Francs Mitgift geben wollen.«

Der Kapitän faßte sich mit großer Mühe, das Gesicht von Wut entstellt. Im gleichen Augenblick öffnete sich die Tür, und seine Frau, die sich am Schlüsselloch sichtlich ein wundes Ohr gelauscht hatte, kam herein und marschierte auf ihn zu.

»Rigobert«, sagte sie mit erstaunlicher Ruhe, »du bist nicht in der Verfassung, dich zu streiten. Bitte geh und ruh dich aus.«

Der Kapitän sah sie einen Augenblick an, dann brüllte er: »Du hast recht. Ich könnte mich vergessen! Wirf sie raus!«

Mit diesen Worten verschwand er im Nebenzimmer.

»Nun, Messieurs, was wünschen Sie überhaupt?« fragte uns schroff seine Frau.

»Uns zu verabschieden, Madame«, sagte ich. »Wir sind hergekommen, weil wir mit Irénée sprechen wollten. Er ist nicht hier. Erlauben Sie, daß wir uns zurückziehen.«

»Monsieur«, antwortete sie, »ich wäre Ihnen dankbar, wenn Sie ihm mitteilen könnten... wenn Sie ihn davon in Kenntnis setzen könnten, daß... Nun, er sollte besser nie mehr hierherkommen. Es ließe sich damit ein höchst unangenehmer Auftritt vermeiden. Monsieur Ledru ist sehr jähzornig. Er

hatte auf diese Heirat sehr große Hoffnungen gesetzt... Er kennt jetzt die Wahrheit über diesen peinlichen jungen Herrn...«

»Madame«, sagte ich, »die Schuld liegt nicht allein
bei diesem jungen Herrn. Er hat Ihnen einen Bären
aufgebunden, aber Sie sind ihm in nichts nachgestan-
den. Im übrigen ist diese Sache nicht meine Sache.
Obgleich ich sehr wohl weiß, daß man Irénée eine
Mitgift von dreihunderttausend Francs versprochen
hat.«

»Dreihunderttausend Francs!« rief Madame
Ledru. »Das ist ein Irrtum, ein simples Mißverständ-
nis! Es stimmt allerdings, daß der Kapitän zu sagen
pflegte: ›Wenn ich Ihnen meine Tochter gebe, gebe
ich Ihnen ein Vermögen, das mindestens dreihunderttausend Francs wert ist!‹ Er wollte damit sagen,
daß unser Kind ein Goldschatz ist. Das ist so eine Re-
densart. Und außerdem ist dieser junge Monsieur
sehr unredlich. Er hat eine Geliebte, eine gewisse
Pomponnette, eine Schneiderin, eine Hergelau-
fene...«

Vorsichtshalber hielt ich den Mund.

»Ich bin bestens unterrichtet«, fuhr Madame
Ledru fort. »Anonyme Briefe und Detekteien lügen
nicht immer. Er führt dieses Mädchen morgen um
drei ins Apollo-Kino. Ich habe es meiner Tochter
bisher verheimlicht. Sie wird es gleich erfahren.«

Mit dem Hut in der Hand versuchte ich bereits seit einer Weile, zur Tür zu gelangen. Mit dem Ende dieses Satzes hatte ich sie erreicht. Ich grüßte und ging. Der Dichter folgte mir buchstäblich auf den Fersen.

Als wir draußen auf der Straße angelangt waren, sagte Grasset, der abwechselnd den Kopf schüttelte, die Schultern zuckte und grinste: »Willst du es auf dich nehmen, Peluque von all dem zu unterrichten?«

»Das wird heikel«, sagte ich. »Ich habe zwar beschlossen, mich in Zukunft aus seinen Geschichten herauszuhalten. Aber unter diesen Umständen erscheint es mir…«

»Unter diesen Umständen«, unterbrach mich der Poet, »bitte ich dich, meinen Namen nicht zu erwähnen, falls du töricht genug sein solltest, dich da hineinziehen zu lassen. Es tut mir leid, daß ich mit zu diesem Kapitän gegangen bin. Ich bedaure, Zeuge dieses Gesprächs geworden zu sein. Im übrigen werde ich niemals zugeben, daß ich mit dir zusammen dort war. Ich werde mir ein Alibi verschaffen. Erzähl, was du willst, ich werde kaltlächelnd leugnen. Und wenn ich dir einen Rat geben darf, dann stell dich tot, halt den Mund, mach ihn fest zu und so schnell nicht wieder auf.«

11

Am nächsten Tag bekam ich weder Peluque noch Grasset zu Gesicht; eine schmerzhafte Neuralgie hielt mich bei geschlossenen Läden in meinem Zimmer, und ich schluckte diverse Kapseln, Pillen, Tabletten, Pulver und Tropfen.

Doch da sich mein Leiden am übernächsten Morgen leicht gebessert hatte, fand ich mich Punkt halb elf auf der Plaine ein.

Der Junimorgen war schön. Der junge Sommertag tauchte den weiten Platz in Sonne. Die Luft begann schon in der Hitze zu tanzen, aber die dicht belaubten Platanen bildeten einen langen kühlen Schattentunnel. Es war sehr ruhig. Nur ein paar alte Leute saßen auf den Bänken. Eilige Hausfrauen hasteten vorbei.

Ich machte Station bei Hippolyte, wo ich eine Botschaft von Grasset vorfand: »Der Schwiegervater hat im Kino eine Szene gemacht.« Nichts weiter.

Das war karg, aber deutlich.

Ich trat auf die Plaine hinaus. Langsamen Schrittes ging ich vor bis zu Peluques Bank. Dort ließ ich mich genüßlich nieder und rauchte eine Zigarette, deren blaue Kringel zur Sonne schwebten.

Ich dachte an den Philosophen.

Da hatte der Schwiegervater ihn also im Kino erwischt? Das mußte einen schönen Skandal gegeben haben. Und Pomponnette? Sie war zweifellos dabeigewesen.

Ganz entschieden hatte ich mit meinem Schweigen die Freundespflicht verraten. Ich hätte Louis-Irénée vorwarnen müssen. Wie sollte ich mich ihm gegenüber verhalten? Feige beschloß ich zu schweigen.

Zweifellos war der Philosoph im Gymnasium. Vor Mittag würde er nicht herauskommen. Träumend und rauchend erwartete ich ihn.

Ich brauchte nicht lange zu warten. Gegen elf sah ich ihn schon von weitem von der Rue de la Bibliothèque her kommen. Der ins Gesicht gezogene Strohhut verbarg seine Augen. Die Hände hatte er in die Taschen versenkt; er kam mit etwas unsicheren Schritten auf mich zu.

Als er mich erblickte, hob er die Arme gen Himmel; dann faltete er die Hände. Anschließend schüttelte er den Kopf und kam verzweifelten Blickes näher.

Ich nahm meine ganze angeborene Scheinheiligkeit zu Hilfe – und die ist nicht von schlechten Eltern! – und schaute erstaunt.

»Was ist los, Irénée? Warst du heute morgen nicht in der Schule?«

Er antwortete mir mit einer leidvollen Pantomime,

hob mehrfach die Augen zum Zenit und ließ seine Arme wie leblose Wurmfortsätze herabfallen.

»Zum Teufel mit dem Gymnasium«, sagte er dumpf. »Zum Teufel mit den Frauen, zum Teufel mit den Kapitänen und mit den Kinos! Zum Teufel mit diesen Schweinen, die Freikarten verteilen!«

Er setzte sich auf die Bank.

»Wenn du wüßtest, Jacques! Ach, wenn du nur wüßtest! Nemesis, diese neidische Kuh, hat ihren Fladen in die Schale meines Glücks fallen lassen.«

Mit größter Natürlichkeit heuchelte ich Erstaunen.

»Was willst du damit sagen? Spielst du Theater, oder sollte vielleicht... Ah! Ich hab's«, rief ich und schlug mir gegen die Stirn. »Der Schwiegervater hat die Wahrheit entdeckt. Er weiß jetzt, daß die Fabrik nicht existiert... Das ist schlimm, mein armer Alter...«

»Nein, Jacques... Das ist es nicht... Deine ausgeprägte Intuition täuscht dich allerdings kaum... Aber es geht nicht allein darum... Jacques, alles ist verloren, den Bach runter, zum Teufel.«

Er begleitete diese Graduierung des Unglücks mit diversen Grimassen.

»Allein der Zufall hat mich verraten. Du wirst gleich erfahren, wie der groteske, unvorhersehbare Zufall meine genialsten Pläne, meine solidesten

Kombinationen von einem Augenblick zum anderen zunichte gemacht hat.«

»So erzähl schon! Spann mich nicht auf die Folter!«

»Gestern gehe ich ins Kino mit Pomponnette, diesem Mädchen, das davon träumt, ins Telefonbuch zu kommen. Die Vorstellung beginnt. Ein sentimentaler Film läßt die Kleine ihre zitternde Hand in meinen Arm krallen, dieweil ich mir die Abschiedsworte durch den Kopf gehen lasse, die ich ihr noch am gleichen Abend zu sagen gedenke. – Gib mir eine Zigarette. Also in aller Muße verfasse ich meine kurze und bündige Rede. Dann denke ich an meine Lucie, mein kleines Mädchen mit den grauen Augen und dem reinen, ovalen Gesicht. Ich überlege mir, daß entgegen der Überzeugung alter Junggesellen das Ziel eines jeden Mannes die Ehe ist, das Leben an der Seite einer hingebungsvollen, frei gewählten Gefährtin. Plötzlich vermeine ich hinter mir eine bekannte Stimme zu vernehmen. Ich drehe mich um; ich vermochte in der Dunkelheit nichts zu erkennen, doch überfiel mich eine vage Vorahnung. Pomponnette, erregt durch die vielen langen Küsse, die die Hauptdarsteller miteinander tauschten, drückte sich immer enger an mich. Schließlich verhakte sie eines ihrer Beine in den meinen.

Da plötzlich ging das Licht wieder an. Ich hörte

eine empörte Stimme: ›Na sieh mal einer an! Na sieh mal einer an! Nichtsnutz! Gauner!‹

Ich drehte mich um. In der letzten Reihe saß der Kapitän mit Frau und Tochter und deutete mit dem Finger auf mich. Ich stand auf und wollte flüchten. Doch Pomponnette hielt mich fest, blickte den Schwiegervater wütend an und sagte: ›Was will der Typ von dir?‹

Ich hatte einen Geistesblitz, in dem du mich ganz und gar erkennen wirst: Ich stieß Pomponnette zurück, blickte sie erstaunt an und sagte mit lauter Stimme und überaus gediegen: ›Was wünschen Sie von mir, Mademoiselle? Ich habe leider nicht die Ehre, Sie zu kennen.‹ Während sie versteinert dastand, eilte ich zum Schwiegervater, um ihm meine Aufwartung zu machen. Sodann gedachte ich mich davonzustehlen. Aber dieses Mädchen ist sehr unerschrocken. Sie stürzte hinter mir her.

›He, was soll das heißen? Genierst du dich etwa mit mir? Du kennst mich nicht, du Macker? Aber ich kenne dich. Komm her, und zwar sofort.‹

Mit diesen Worten zog sie mich am Rockschoß. Zugleich sagte der Schwiegervater verächtlich zu mir: ›Sie können sich diese Posse ersparen, Monsieur. Ich bin vollauf unterrichtet, Monsieur... Sie sind ein verworfener Mensch, Monsieur... Lassen Sie sich nie wieder bei mir blicken, Monsieur!‹

Um dem Faß die Krone aufzusetzen, beleidigte diese Pomponnette mich vor aller Augen durch eine Ohrfeige! O Panier, ich vermochte diesen Schimpf nicht zu ertragen. Mein Fleisch rebellierte, und da ich keine Blumen zur Hand hatte, schlug ich mit dieser Faust hier zurück, während sie spitze Schreie gen Himmel sandte… Du kannst dir vorstellen, was darauf folgte. Eine empörte Menge versuchte mich einzuholen; meine langen Beine haben mich gerettet. Es gelang mir, den Schreien und Drohungen zu entkommen, und ich dankte dem wolkenlosen Himmel, denn wäre mir dieses Abenteuer bei schlechtem Wetter widerfahren, dann hätten alle diese Leute ihre Regenschirme als Waffen benutzt… Und ich befände mich jetzt im Krankenhaus.«

»Wahrhaftig ein Abenteuer!« sagte ich. »Das Schicksal scheint sich über uns lustig zu machen. Welch fataler Zufall!«

»Ich sehe, du bist betroffen von meinem Unglück«, antwortete er, »und dabei kennst du doch gar nicht das ganze Ausmaß der Geschichte. Zuerst einmal habe ich Pomponnette verloren. Ja, mein Freund. Ich habe sie verloren. Diese öffentliche Ohrfeige ist ein endgültiger Abschied; man kann sie nicht anders interpretieren. Sie wird einen anderen heiraten, das ist gewiß.«

»Mein Gott«, sagte ich, »ihr könntet euch versöhnen. Sie wird die eheliche Treue nicht gerade als Fessel betrachten...«

Peluque erhob sich würdevoll.

»Nein, mein Freund, nein, ich werde ihr in keiner Weise behilflich sein, ihren Mann zu betrügen, denn sie heiratet den Vicomte! Ja, mein Freund, den Vicomte, diesen dekadenten Verrückten, dem ich soviel zu verdanken habe!«

Diese Neuigkeit erstaunte mich über die Maßen.

»Was Lucie angeht«, fuhr er fort, »so habe ich dies hier von ihr bekommen...«

Feuchten Auges wühlte er in seiner Brieftasche und zeigte mir ein hellblaues Briefchen. Mit bebender Stimme las er mir vor:

»›Adieu. Es ist aus. Ich reise ab nach Grenoble, ich fahre zu meiner Großmutter. Ihre Briefe schicke ich Ihnen zurück. Lucie.‹ Ach! In diese wenigen Worte hat sie ihr ganzes Herz gelegt«, sagte er mit Überzeugung.

Ich stimmte ihm zu: »Ja, zweifellos.«

Er las den Brief noch einmal und unterlegte ihn mit Kommentaren der Leidenschaft, die er angeblich diesem lakonischen Text entnahm.

»Adieu... In dieses eine Wort hat sie unsere ganze Liebe und ihren Glauben gelegt. Sie wollte damit sagen: à Dieu, in Gottes Hand. Wir sind auf Erden getrennt, aber wir werden uns im Himmel wieder vereinen. Dann: ›Es ist aus.‹ Schreckliche Worte, unter Tränen geschrieben, aus denen ihre ganze, furchtbare Verzweiflung spricht. ›Ich reise ab nach Grenoble‹ …wohin Sie mir folgen können; aber tun Sie es für den Augenblick nicht, denn: ›ich fahre zu meiner Großmutter‹, um in Stille und Zurückgezogenheit der Erinnerung an unsere Liebe zu leben. Dann: ›Ihre Briefe schicke ich Ihnen zurück‹, diese geliebten Briefe, die ich nicht wieder lesen könnte, ohne zu weinen, diese Briefe, die Sonne in mein Leben gebracht haben. Und sie unterzeichnet: ›Lucie!‹ Ihre Lucie, deine Lucie, für immer und ewig!«

Er neigte den Kopf zur Seite, faltete die Hände, schlug sich gegen die Stirn: »Und ich habe sie verloren! Ich habe sie verloren!«

Einen Augenblick lang dachte ich, seinen Kummer lindern zu können, indem ich ihm die Geschichte des Kapitäns erzählte und wie sie sich gegenseitig düpiert hatten.

»Meinst du nicht«, sagte ich, »daß der Verlust dieser beachtlichen Mitgift deinen Schmerz erheblich verstärkt?«

Er explodierte: »Schwachsinniger Rohling! Schmutzfink! Wie kannst du so geheiligte Dinge auf die niedrige, widerwärtige Ebene des Geldes herabziehen! Im übrigen«, sagte er, wobei seine Stimme plötzlich wieder einen völlig anderen Ton annahm,

»verzeihe ich dir. Du kennst Lucie ja nicht. Du kennst nicht die Sanftmut ihrer feuchten Augen, die kindliche Anmut ihrer Gesten, ihre zarte, milchweiße Haut. Sie ist zutiefst sensibel, Jacques. Sie verstand mich, sie kannte meine Fehler, sie liebte mich wegen meiner Fehler!«

Er zog ein dickes, mit einem Schuhsenkel verschnürtes Paket Briefe aus seiner Tasche.

»Dies ist unser Roman«, sagte er, »unser gesamter Roman, der ein so schreckliches Ende gefunden hat. Er enthält das ganze Glück zweier Monate und das Unglück eines ganzen Lebens.« Er sprach mit einer Stimme, die ich nie zuvor bei ihm gehört hatte. Ich bemerkte plötzlich seine angespannten Züge, seine niedergeschlagenen Augen, einen nervösen Tick, der ihm die Mundwinkel verzerrte.

Ich war gerührt.

»Mein armer Alter«, sagte ich sanft, »nun sei mal vernünftig. Dieser Heiratsplan war allzu abwegig. Die Leute wußten überhaupt nichts von dir, und du hast ihnen zahllose Märchen aufgetischt. Außerdem bist du zu jung zum Heiraten.«

»Ich bin nicht zu jung, um zu lieben«, rief er bitter. »Und ich bin alt genug, um zu leiden!«

Eine Träne rann ihm aus dem Augenwinkel. Er zog das Foto seiner verlorenen Braut aus der Tasche. Er betrachtete es lange und schweigend.

»Ich wußte selber nicht«, sagte er mit unterdrück-
tem Schluchzen, »wie sehr ich sie geliebt habe. Nein,
ich wußte es nicht!«

Der kommunale Straßenreiniger auf der anderen
Seite hob mit einem glänzenden Schlüssel die gußeiserne Platte von der Wasserleitung. Nachdem er mit
beamtenhafter Langsamkeit den langen Schlauch an
den Hahn geschraubt hatte, ließ er einen kräftigen
Strahl hochschießen. Wenig später erglänzte der
nasse Asphalt in der Junisonne. Er richtete seine
prasselnde Gummischlange sodann auf das Blattwerk, das, gut besprüht, ein reines, frisches Grün annahm. Ein großes physisches Wohlbefinden machte
mein inneres Unbehagen wett.

Peluque küßte gerade erneut das geliebte Bild, als
ich inmitten der Allee ein junges, etwa siebzehn bis
achtzehn Jahre altes Mädchen herankommen sah.

Sie war sehr elegant gekleidet, und mir fielen vor
allem ihre blauen Augen unter dem hellen Strohhut
auf. Sie hielt eine Eiswaffel in der Hand, an der sie im
Gehen lutschte.

Es war eine kleine Modistin aus der Rue Saint-Savournin.

Peluque hob seine tränenglänzenden Augen. Ganz
mechanisch, ohne darüber nachzudenken, lächelte
er.

Sie konnte nicht anders und lächelte zurück. Die

Eiscreme leckend, streckte sie ein ganz klein wenig ihre Zungenspitze vor, als sie an uns vorüberging.

»Na so eine hübsche Zunge!« sagte der Philosoph ohne große Begeisterung. »Diese Zunge ist frisch und rot wie eine reife Wassermelone! Wahrhaftig begehrenswert!«

Der Ton seiner Stimme hatte sich leicht verändert. Als das junge Mädchen sich ein wenig von uns entfernt hatte, drehte es sich blitzschnell zu uns um. Der Philosoph wirkte plötzlich interessiert.

»Jacques, sie hat mich angesehen! Du hast es bemerkt, nicht wahr? Sie hat mich angesehen. Das ist eine Tatsache.«

Scheinbar unentschlossen stand er auf. Das junge Mädchen drehte sich erneut zu uns um und lächelte wieder.

»Jacques«, sagte der Philosoph beunruhigt, »es wäre unhöflich... Du verstehst, man muß trotz allem...« Er warf mir das Foto und die Briefe hin. »Nimm du sie an dich... Vor allem diese Waden...«

Den Rest hörte ich nicht mehr, da er mit seinen langen Beinen auf den Spuren des schönen Kindes davoneilte. Er holte sie um so schneller ein, als sie ihren Schritt ganz deutlich verlangsamt hatte.

Das Gespräch kam sogleich in Gang, und Peluque, der seinen Arm ganz ungezwungen unter den des jungen Mädchens geschoben hatte, ging stolz erhobenen Hauptes mit ihr davon. Mit seiner freien Hand gestikulierte er eindrucksvoll... Mit gesenktem Kopf und nachdenklicher Miene hörte sie ihm zu.

Und ich wußte, daß er ihr, unter den Platanen mit den feucht glänzenden Blättern, in der frischen Schönheit dieses Junimorgens, sein Herz, seine Hand, sein Leben und die Fabrik von Onkel Legrand offerierte.

Marcel
Marcel und
Isabelle

Die Kindheits-
erinnerungen
Marcel Pagnols

nymphenburger

Der große volkstümliche Dramatiker und Filmregisseur Marcel Pagnol führt uns in eine der anmutigsten Landschaften Frankreichs, in die Provence, und schenkt uns, aus tiefer Anhänglichkeit an seine Heimat und mit der Überlegenheit eines reichen Humors, ein zauberhaftes Bild des französischen Südens.